櫻田りん
[画]安芸緒
傷物令
氷の騎士様
―前世で護衛した少年に今世では溺愛されています―
novel スピラ

前世の記憶を持つ子爵家長女
第一騎士団の騎士見習いに
ルピナス・レギンレイヴ
キース・
ハーベスティア
第一騎士団の
騎士団長
王家の血を引く
公爵家次男

セリオン・
アスティライト
国王の弟である
魔術師団団長
マーチス・
スライヤー
第一騎士団の
副団長
女性言葉を話すが
剣術は凄腕
コニー
第一騎士団の
騎士見習い
ルピナスの同僚

「この顔は、他の奴に
あまり見せたくないな……」
全身がじんわりと熱くなり、
顔なんて火を吹くのでは
……というくらいに熱い。

傷物令嬢と氷の騎士様 1

前世で護衛した少年に今世では溺愛されています

櫻田りん

画 安芸緒

novel スピラ

Contents

第一章　傷物令嬢は婚約破棄される

「ルピナス、君はレーナに紅茶をかけたり、彼女が大切にしている本を破ったりして虐《いじ》めたそうじゃないか。レーナが泣きながら話してくれたよ……そんな君と、これから家族になることなんてできない。婚約破棄をさせてもらう」

昼食時間になるほんの少し前。掃除中だったところ、着替えて早くこいと呼び出されたと思ったら、両親と妹のレーナ、婚約者のドルトがいた。

何ごとかと困惑したのも束の間、婚約破棄を言い渡されたルピナスは驚きを隠せなかった。

現時点ではまだ一応婚約者のドルトは、一切悪びれる様子もなく妹のレーナの肩を抱きながら、異常なまでに顎を上げてルピナスを見下ろす。

その瞳にはほんの少しの愛情の欠片さえ、含まれていなかった。

「私はレーナを虐めておりません。むしろ私は――」

「ルピナスお姉様ったら酷いわ！　私が嘘をついていると、そう言いたいのね……!?　……ううっ」

「ああ、可哀想なレーナ。泣かないでくれ。……ルピナス、本当に見損なったよ。君は傷物というだけでなく、非道で嘘つきだったなんてね」

そう言ってドルトは、より一層強くレーナのことを抱き締めた。

レーナはというと、ドルトにバレないようにルピナスを見ながら、淡いチェリー色の瞳に美しい涙を浮かべてニヤリと口角を上げている。この表情を見たのは、何も今日が初めてではなかったので、ルピナスが驚くことはなかったのだけれど。

　そしてレーナが涙を見せたとき、あらゆる抵抗や言い分は全て無意味になることを、ルピナスは嫌というほど知っていた。

　ちらりと両親を見れば、いつものようにキッと睨まれる。

（虐められてるのは私の方なのに……両親だって知ってる……どころか一緒に虐めてきたくせに……けど、だめね。我が家の次女《お姫様》が泣けば、何を言っても私が悪者なのだから。……昔から、そうだったもの）

　――ルピナスは十八年前、レギンレイヴ子爵家の長女として生を受けた。

　ルピナスの両親は互いの実家のために、完全なる政略結婚をしたので愛はなかったが、貴族たるもの子供を残さねばと事務的に事を行い、ルピナスが生まれたのだ。

　しかし、ルピナスは両親が望むような娘ではなかった。

「僕は君ではなくレーナと新たに婚約をする。レーナはもちろん、僕の両親も君のご両親も了承済みだ。それに元々おかしかったんだよ。侯爵家嫡子の僕が、傷物令嬢だと言われるルピナスと婚約だなんて」

　ピクリと身体を揺らしたルピナスは、無意識に自身の左肩を隠すようにそっと右手を伸ばす。

　ルピナスは生まれたときから、左肩に大きな傷跡がある。刃物で斬られてそのまま赤黒い血が固まったような傷跡だった。

貴族の家に生まれた令嬢にとって、体の傷——それも目を背けたくなるような大きな傷は易々《やすやす》と見逃せることではなかった。

基本的に結婚をするまで男性に肌を見せることがないので、傷があっても結婚まではできるだろうが、その後に傷を隠していたことが原因で離縁を言い渡される、及び貴族の家同士の関係が悪くなることは容易に想像ができる。

貴族爵位が物を言う世界で、高位貴族と縁を持ちたいレギンレイヴ家にとって、それは大きな痛手だった。若い女なら誰でもいいと言う年老いた貴族もそれなりにいるが、そんな彼らでも躊躇するだろうという想像ができるくらいに、成長とともに広がる傷は醜かったから。

両親は傷を消そうと模索したが、医者にも匙《さじ》を投げられ落胆した。

つまり両親にとって、ルピナスは生まれた瞬間から欠陥品だったのだ。

「それに比べてレーナはなんて素敵で優しい女性なんだ。ずっとルピナスからの虐めに耐えてきたんだろう?」

「辛かったけれど……ドルト様がいてくれるから……っ」

だからルピナスは生まれてから今までずっと、両親から冷遇されてきた。

さらに、二つ年下の妹のレーナが傷一つなく、かつ美しい容姿で生まれてきたことで、それは年々酷くなっていった。

顔を合わせれば罵詈雑言《ばりぞうごん》を浴びせられ、欠陥品の穀潰《ごくつぶ》しは労働をしろ、と使用人と同じようにこき使われてきたのだ。

部屋は余っているというのに、北の端の部屋——夏でも日が一切当たらない暗くて寒い部屋をあてがわれ、食事や衣類も使用人とほぼ同じものしか与えられなかった。

（レーナが物心ついたときには、迷いなく私を虐め始めたのよね。まあ、両親を見て育てばそうなるのは当たり前かもしれないけれど）

高位の貴族に嫁ぐこともできない役立たずならば、家の中の労働力、そして家族のストレスの捌《は》け口になるしかなかったルピナスだったが、一年前、レーナによってとある変化がもたらされた。

某社交場で、レギンレイヴ家が殆ど公にしていなかったルピナスの存在を、レーナがポロッと口にしたからである。

——『私には実はお姉様がいるの。傷物だから、お家で引き籠もっているの。可哀想でしょう？』と。

レーナは美しい容姿のおかげか、社交界において目立つ存在だった。

だからそんなレーナが何気なしに言ったルピナスの存在は、『傷物令嬢』として貴族たちの間に広まることになったのである。

「レーナの話では、肩に醜い傷があるのだろう？　傷物でも性格がマシならと思ったが……虐めなんて目も当てられないな。本性を知っていれば、僕は初めからレーナに結婚を申し込んだよ」

「……っ、申し訳、ありません」

（どうせ何を言っても信じてもらえない私には、謝ることしかできない……）

アスティライト王国内において、貴重な資源が採れる鉱脈を領土に有するレギンレイヴ子爵家は、爵位は低いが財産は潤沢にあった。

それに加えてレーナは社交界の花だ。そのため、上位貴族――伯爵家からレーナに対する結婚の申し入れは数多くあった。

（レーナは可愛いし要領もいい。それに傷もないし……それでいてルピナス《私》から虐められていたなんて打ち明けたら、そりゃあ男性は守ってあげなくちゃってなるか……）

ドルトの家は爵位だけは子爵よりも上の侯爵を賜っていたが、簡単に言ってしまえばお金がなかった。

だから傷物令嬢と言われていようと確実に結婚できるだろうルピナスに、半年前に結婚を申し込んだ。ルピナスの両親は、一生結婚できないと思っていた傷物の娘の縁談話を願ってもないことと喜び、ルピナスの意志を確認しないまま二つ返事で快諾し、婚約に至った。

――しかしそんな愛のない婚約でも、傷物のルピナスが侯爵家に嫁ぐことは、今までルピナスを馬鹿にし続けてきたレーナのプライドが許さなかったらしい。

ルピナスに虐められたなんてありもしないことを言い、レーナは姉の婚約者を誘惑し、騙し、奪っていったのだ。

「かしこまりました。……婚約破棄を受け入れます」

ドルトは以前からルピナスに対して恋愛感情はなく辛辣な態度だったため、それに関してショックはあまりなかった。

一方のレーナは思いの外、動揺を表情に出さないルピナスに苛立ちを隠せない。隣にいたドルトに何かを耳打ちすると、彼は「名案だ」と不気味な笑みを浮かべた。

「婚約破棄を受け入れるのは当たり前だ。君に拒否権はない。それと、君がいるといつまでもレーナの心が休まらないから、明日にでもこの家を出て行ってくれ」

「……！　明日ですか……？　それはいくらなんでも」

「レーナの夫として次期当主となる私の言葉が聞けないのか？　君のご両親にも意見を聞こうか？　だいたい、本当は今すぐ出て行ってほしいところを、明日まで猶予をやると言っているんだ、ありがたいと思ってほしいな」

「………っ、分かり、ました」

余計なことは言わずにさっさと出て行けと目で訴えてくる父に、扇子《せんす》で口元を隠していても瞳に浮かべた笑みは隠せずにいる母。

ルピナスは、分かりきっていたことだと自身に言い聞かせても、チクチクと胸が痛む。

（私は両親にとって必要のない娘なのだものね。引き止めてくれるだなんて期待はしていなかったけれど……さすがに両親から直接出て行けと言われるのは、避けたいわ）

ルピナスは両親に向けていた視線を、すっと床に下ろした。

その瞳には、それほど絶望は宿っていないが、不安の色が浮かんでいる。

（使用人の仕事は全てできるし、両親とレーナは知らないけれど実は淑女教育も済ませてあるのよね……でも、家を出て平民として生きていくならマナーはあまり役に立たないかな。読み書きができればそれなりの仕事に就けるかも……？　……けど、家を出るに当たって一つ気がかりがあるのよね……）

ルピナスは誰にもバレないようにふぅ、と小さく息を吐いて、早くこの場が終わることを祈った。

その後もチクチクと嫌味を言われて、ようやくレーナたちから解放されたルピナスは、急いで裏庭のベンチへと足を運んだ。

「ラーニャ、お疲れ様！　もう昼食はとった？」

「ルピナス様！　いえ、急遽旦那様たちの昼食の時間が変わって慌ただしかったので、今からです……！」

「あ……そうよね。ごめんなさいね」

（さっきまで私と話していたから予定がズレたのね……悪いことをしちゃったわ）

眉尻を下げるルピナスに対して「謝らないでください！」と胸の前で手をブンブンと振るのは、数多くいるメイドの一人――ラーニャだ。

レギンレイヴ家の使用人は皆ルピナスに対して冷たかった。

というのも、内心ではルピナスに同情しても、それを言動に出すとルピナスの両親やレーナからの風当たりが強くなるからだ。解雇される可能性だってある。お給金がいいレギンレイヴ家の使用人たちは、それを恐れてルピナスに優しくすることはできなかった。

そんな中で、ルピナスと同じ年の弟がいるということもあってか、ラーニャだけは隠れて優しく仕事を教えてくれたり、労ったりしてくれた。

表立ってルピナスと仲良くすればラーニャにも被害が及ぶだろうというルピナスの心配により、今日のように裏庭のベンチでこっそりと話したり、一緒に食事をとったりすることしかできなかったけれど、ルピナスにとって唯一心許せる相手だった。

「それでルピナス様、旦那様たちからの呼び出しは大丈夫でしたか？　……また嫌味を言われたのでは……」

ラーニャは心配そうに眉尻を下げ、ルピナスに問いかける。

「うーんとね、ドルト様もいらして、婚約を破棄されてしまったわ。私がレーナを虐めたからだって」

「ハァ……!?」

「それに家も出て行くようにと。……明日には出て行かないといけないから、こうやって話せるのは今が最後かもしれないわね……」

「そんな……どうしてルピナス様が……！　あの婚約者……ずっとルピナス様に冷たく当たっておいて、最終的には婚約破棄だなんて許せません……！　それに虐めですって!?　誰がどう見ても虐められているのはルピナス様の方じゃありませんか……！　それを……あの性悪女に騙されて……!!　しかも家を出て行け……？　どうして……どうしてルピナス様ばかりがそんな目に……」

生まれつき傷があるというだけで令嬢として当たり前にあるはずの人生を与えられず、虐げられて生きてきたルピナス。

大多数の使用人から冷たくされても、仕方がないからと文句一つこぼさなかったルピナスが、婚約を破棄され、家を追われることが、ラーニャには悔しくてたまらなかった。

「怒ってくれてありがとう、ラーニャ。けれど私なら大丈夫よ。家や家族に未練は殆どないし、ラーニャが仕事を丁寧に教えてくれたおかげで下働きならばっちり！　それにほら、レーナは淑女教育をよくサボっていたから、暇を持て余した先生が私を不憫《ふびん》に思ってか、色々なことを教えてくださったのはラーニャも知ってるでしょう？　だから仕事はあると思うのよね。それも勉強の間、私の仕事をラーニャが引き受けてくれたおかげ。本当に助かったの！　ありがとう」

「そんな……」と涙を浮かべるラーニャの手に、ルピナスはそっと自身の手を重ねる。

水仕事のせいで互いに荒れてザラザラだったけれど、不思議と心地良かった。

「ラーニャ、今まで優しくしてくれてありがとう」

「……っ、けれど、いくらなんでもお一人では……！　私もご一緒します！　私も一緒に――」

「それはだめ。貴方には、病気の弟さんがいるのでしょう？　毎月薬代を送るのだって大変なはず……。この家はお金だけはあるもの。おそらくだけれど、他の屋敷に比べてお給金も高いはずだから、辞めては勿体ないわ」

ラーニャがルピナスのことを気遣っている事実は、ルピナス本人しか知らない。

だからルピナスが居なくなっても、ラーニャは今までどおり働いてさえいれば、何一つ変わらない生活を送ることができるし、弟の薬代を用立てることだってできるのだ。

（優しいラーニャなら、一緒に行くと言い出すと思ったわ……けれど、それはだめよ。ラーニャを巻き込むわけにはいかないもの）

「だからどうか辞めないで？　私は大丈夫だから。ね？」

「ルピナス様……お優し過ぎます……っ」

ポロッと涙を流しながらそう言ったラーニャは、同時に小さくコクリと頷いた。

（良かった……これで気がかりがなくなったわ）

柔らかく微笑んだルピナスは、それから休憩時間が終わるまでラーニャと話し続けた。

休憩が終わると、いつもどおりに仕事を再開した。そして仕事が終わると、部屋に戻って荷造りをし、次の日のために早めに眠りについたのだった。

◇◇◇

次の日の早朝、ルピナスの出立のときがやってきた。

もちろん徒歩で出て行くつもりだったが、何故か馬車が用意されていた。

（まあ、理由は簡単よね……）

昨日、基本的に屋敷のものは持ち出すなと言われたので、ルピナスはレーナが着古してお下がりとして回ってきたワンピースを数枚と、下着、必要最低限の身の回りのものだけを詰め込んだバッグを持って、馭者《ぎょしゃ》に目的地は王都だと伝える。

それから自身の姿を改めて見て、苦笑を漏らした。

（これは、どこからどう見ても貴族令嬢には見えないわね……）

ややや癖のあるハニーブラウンの髪は腰あたりまで伸ばしっぱなしで、殆ど手入れされておらず、どこにでもいるダークブラウンの瞳の下には疲れが見える。

顔は整っていたが、虐められてきたストレスと今後の不安による心労のため寝不足がたたってか、肌の色は青白く、不健康に見えた。極めつきに平民でも捨てるくらいに薄汚れたワンピースに身を包んだルピナスは、どこからどう見ても訳ありそうで普通の人ならば関わり合いになりたくないだろう。

「ルピナス様……！　どうか息災で……！」

「ええ、ありがとうラーニャ。元気でね」

パタパタと走って見送りにきてくれたラーニャを、ルピナスは思い切り抱き締める。

もちろん、家族やドルトは見送ってくれるはずはなく。

早朝だというのに、唯一見送りにきてくれたラーニャに別れの挨拶をしてから、ルピナスは馬車に乗り込んだ。

第二章　フィオリナの記憶と前世の護衛対象

「えっ、あの人集《ひとだか》りは一体……」

そして、休憩を挟みながら馬車に揺られること四時間。王都に到着したルピナスは、目の前の光景に息もつけないほど驚くことになる。


遡ること一時間前、王都まであともう少しだという地点で、ルピナスは「さて」と、吐息交じりに呟いて、深く息を吐き出した。

生まれてからこの方、数えるほどしか家を出たことがないルピナスは、今の今まで馬車の外の景色に夢中になっていたが、それも見飽きて、現実に目を向けなければと思ったのだ。

「まずは何においても、働く場所を探さなきゃ。お金もないし……今日中に住み込みの勤め先を見つけないと野宿だわ……さすがにそれは避けたいわね」

野宿の経験はないルピナスは、最悪の事態を想像してぶんぶんと頭を振る。

フカフカのベッドなんて求めていないけれど、最低限雨風が凌《しの》げるところで一夜を過ごしたいのが本音だった。

「何かお金になるようなものを持ち出せたら良かったけれど……先に釘を刺されていた上に、昨日に限ってレーナは見張りみたいにずっと近くにいて意地悪を言ってくるし……もう……前途多難だわ」

　王都は人が集まる場所だ。仕事なんて腐るほどあるだろうと、ルピナスは王都に行くことを決めた。身寄りがなく、紹介状も持っていないルピナスが好条件の職場に迎えられる保証はないし、きっと実家とはまた違った苦労だってあるのだろう。それでもルピナスは、自身の選択に後悔はなかった。

「うん、だけど、生きていくためだもの。……それに、あのまま家にいるよりきっとマシよね。……そうよね」

　自身を鼓舞するように、「大丈夫」「どうにかなる」「頑張ろう」とボソボソと呟いたルピナスは、馬車が停まったことで、ようやく目的地に着いたことを理解した。

　馭者曰く、他国にも行けるほどの金銭を、レギンレイヴ家から先払いでもらっているらしい。

（なんだか最後の最後に、家族らしいことをしてもらった気分だわ。……まあ、レギンレイヴ領内で私が野垂れ死んだら面倒だからだろうけど）

　そう思うと、ほんの少しだけ胸がチクリと痛む。

（って、だめだめ。別に落ち込む必要はないわ。そんな暇もないし……）

　うんうん、とそう自身に言い聞かせたルピナスは、王都に初めての一歩を踏み出した。

　流行最先端の店、賑わいのある露店、明らかに貴族のお忍びだろうという雰囲気の恋人たちに、楽しそうに笑う家族たち。

　殆ど家を出してもらえていなかったルピナスはそれら全てに圧倒されるが、今日から私もここで働くのだから！　と元気を取り戻す。

観光をしたい気持ちは溢れてくるが、まずはどんな仕事があるのだろうかとあたりを見渡した。

――すると、そのときだった。

思わず肩をビクつかせてしまうような女性の甲高い叫び声と、聞いたことがない何か獣のような獰猛《どうもう》な鳴き声がして、ルピナスはその声の方向へ振り向いたのだった。

「えっ、あの人集りは一体……」

人集りの隙間から見える赤は、間違いなく血だ。多量の血を流した人物が、地面に倒れている。

そんな光景を、ルピナスは初めて見た。

（なに……っ、事件……？　ここから離れないと……！）

しかし、そう思うのはルピナスだけではないようで、倒れた人物を取り囲んでいた人々は、叫び声を上げて、慌てふためきながら一目散に走り出す。

何が起こっているのかは明確には理解できていなかったルピナスだったが、ここに居てはまずいかもしれないと、人の波に続こうとした。しかし。

「……っ！　いた……っ」

我先にと逃げ出す群衆の勢いに押され、ルピナスはその場に倒れてしまう。

人々はそんなルピナスに構うことなく、その場から逃げ出すと、開けた視界の先に見えたのは、噂程度にしか聞いたことがない魔物の姿そのものだった。

「……ど、どうして街に……っ、普段は森にいるんじゃ……」

鋭い爪とくちばしを持ち、鷲《わし》のような姿をしているが、大きさはその三倍以上はあると思われる魔物の爪先からは、ポタポタと赤い血が落ちている。

おそらく、倒れている人間を襲ったときのものだろう。

その場の状況を容易に想像ができたルピナスは、目の前で羽ばたく魔物の凶暴さに体が震え、思うように身動きができなかった。

「……っ、あ……」

その代わりに、恐怖が込み上げて漏れた声に、ルピナスはすぐさま後悔することになる。

敏感にその声を察知した魔物が、ギロリとルピナスに鋭い眼光を向けたからだった。

(こっちを見たわ……っ、まずい、逃げなきゃ……！　でも身体が……！　いや……死にたくない……！)

ルピナスの今までの人生を思い返せば、生まれつきの傷のせいで虐げられてきたことばかりが浮かぶ。

けれど、ラーニャと出会えた。充実した、楽しい人生では決してなかった。

すぐに破棄されてしまったけれど、一度は婚約をすることができた。淑女としての教育を受けられた。使用人の仕事が身に付いた。

初めて王都に来て、見たことがないものばかりを目にして、不安も多かったけれど、幸せそうにする人々を見て、新たな生活にほんの少しだけ期待だって持った。

だからだろうか。ルピナスは死にたくないと願い、フラフラとしながらも立ち上がる。

今すぐ泣き叫びたいほどの恐怖を抱えながら、じいっと魔物を睨み付けた。

「……！　あれ、は……」

するとと、魔物より奥の方に、人影が見える。

髪型や体格からして男性だろうか。魔物に向かって真っすぐに走ってきているのだ。

服装は倒れている男性とよく似ているので、おそらくこの二人は何かしらの知り合いではあるのだろうと理解した。――その刹那。

「……うっ、いいっ……！　な、に、これ……っ」

まるで鈍器で殴られたかのような痛みが、頭の中心まで響いた。

視界がグラグラと揺れ、恐怖と痛みで立っているのがやっとだ。

その直後、ルピナスの頭の中には、誰のものか分からない膨大な量の記憶が流れ込んでくるのだった。

(何この記憶……誰の……っ。戦ってる……？　騎士……？　……そうだ……この記憶は……私・だ……)

そう自覚した瞬間、頭の中がパーンと弾けるような感じがして、その後すぐさま痛みは消えていった。

(そうだ……全部思い出した……私は……フィオリナだ)

――フィオリナとは、ルピナスの前世の名前だ。

この国の歴史上初の女性騎士で、しかも貴族が殆どを占める騎士団において、平民という立場ながら実力だけで騎士の中でも花形と言われる近衛騎士団に配属されるまでにのし上がった。

単純な力技では男性に劣るものの、持ち前のすばしっこさと相手の力をいなす剣さばきの技術で、騎士団の中で屈指の実力者だった。

(でも、王族を護衛中に死んでしまったのよね)

暦から逆算して、フィオリナとして死んだあと、すぐにルピナスとして生まれ変わったのだろう。

ルピナスの意識が残ったまま、フィオリナの記憶が蘇るという不思議な感覚だったが、二つの人格はそれほどかけ離れていなかったので、混乱することはなかった。

ルピナスは小さく息をふっと吐き出してから、ギロッと魔物を睨み付ける。

フィオリナとしての記憶を思い出したからなのか、魔物は先程とは違い、ルピナスの強い眼差しに少し怯えたような表情を見せた。

(どうして生まれ変わったのか。どうしてこのタイミングで記憶を取り戻したのか。……うーん、分からない。それに、この傷は――)

ルピナスが傷物令嬢として、家族から虐げられた原因である左肩をするりと撫でる。

ルピナスとして生を受けたとき、既にあったこの傷は、フィオリナとして生きていたときに付いたものに酷似している。

前世の記憶を思い出すなんてことが起こったのだ、この傷も前世で負ったものだと考えてもおかしくはないだろう。

焼けるような痛みを思い出したことで、この傷を負った原因でもあるあの方のことも思い出し、ルピナスは小さく苦笑する。

（この傷は私にとって恥でも何でもない。むしろ誇らしいのに……この傷のせいで虐げられるなんて……さすがに嫌な気分ね。今なら家族や、元婚約者をギッタギタにできるけれど。……私利私欲のために剣を振るうのは、騎士としての矜持《きょうじ》に反する）

ルピナスとしての苦痛な人生を思い出し、一瞬奥歯を噛みしめる。

フィオリナとしての記憶を取り戻す前は、自分自身でもこの傷を憎んでいた。醜いと思っていたし、家族から愛されないのも、傷物だから令嬢としての人生を歩ませてもらえないのも、ある程度は致し方ないと思っていた。

――けれど、今は違う。

（人からいくら醜いと思われようが、傷物だと言われようが、この傷は、騎士としての誇り）

そう思ったら、苛立ちはすぐさま消えていく。

そして考えること僅か数秒。よし、とルピナスは自身の両頬をバァン！　と叩く。フィオリナとして生きていた頃は、気合を入れるときによくこうやっていたものだ。

（考えるのは後！　今はこの状況を乗り切る――って、まずい‼）

ルピナスが凄んだことで魔物は怯んだように見えたが、どうやらターゲットを変えたらしい。

魔物を挟んだ反対側から走ってきている男性はまだ距離があるので、すぐ近くで倒れている人間に鋭い眼光を向ける魔物の元へ、ルピナスはとにかく走り出した。

（この身体、あし、遅い……！　鍛えてないんだから仕方ないけど、息もすぐに切れそう……！）

フィオリナとして生きていた頃と今とでは、体の作りが違う。

肉体が違うということだけではなく、前世では騎士としての務めを果たすため、毎日訓練に励んでいたから。

一般的な令嬢と違い虐げられていたことで肉体労働はしていたとはいえ、今の体は前世とは比べものにならないほど軟弱だ。

（けどそんなことも言ってられない……！　って、あの隊服、騎士のものだわ！）

よくよく見れば、反対側から魔物に向かって走ってきている男性も、倒れている男性も、騎士服を着ている。

フィオリナが死んでから十八年のときが経っているので多少デザインは変わっているが、概ね変わっていないので間違いないだろう。

（倒れている彼は王都の警備中に突然現れた魔物に対峙して、怪我を負い倒れているのかな。あの走ってきている騎士の青年は、騒ぎを聞きつけてやってきたと）

やっとのことで状況が飲み込めたルピナスは、今の自分の全力疾走で駆けて行く。

（急げ……！　間に合え……！）

『騎士たるもの、恐怖に負けるな。自身の身を挺してでも王族を、仲間を、そして民を護りきれ』

それが騎士として生きてきたフィオリナの、そして今はルピナスの、曲げられない考え方だ。

「ギィィィイ‼」

「……っ、まち、なさいよね……‼」

倒れている男性に襲いかかろうとする魔物が大きく鋭い爪を振り上げたとき、ルピナスはその間に割り込んだ。

そしてすぐさましゃがみ込んで、男性の手元にある剣を拾う。

「緊急事態なので、お借りしますよ、と……！」

十八年ぶりに、ズシリとした重さの剣を握る。前世では、片手で簡単に扱えていたそれも、今の身体では筋力が足りないのと、ブランクがあるため覚束ない。

だから、ルピナスは剣を両手で握ることで重さを分散させると、振り下ろされた魔物の爪をまともに受けるのではなく、払いのけ、受け流すことで対応した。

（前世だったら、この程度の魔物なら一太刀で倒せたけれど、今は力を受け流すのでやっと……！　けどそれじゃあ、勝てない……！）

魔物の攻撃を受け流しながら、ちらりと横を見ると、こちらに向かっている騎士の男性は直ぐそこまで来ている。その美しいグレーの瞳と目が合った。

（……あれ？　なんだか見覚えが……って今はそれどころじゃない！）

とにもかくにも、倒れている男性を護りながら魔物を倒すことは、ただ戦うよりも難易度が高い。今の実力ではそれはできないと瞬時に判断したルピナスは、大きく息を吸い込んだ。

「私が魔物をどうにかします！　貴方は倒れている彼を連れて距離を取ってください！」

そう叫んで、ルピナスは魔物と戦いながら、倒れている男性からあえて距離を取るようにして走り出す。

魔物もルピナスのことを完全に敵視しているようで、勝手についてきた。

「――なっ――おい待て！　君は逃げろ……！」

（久々の実戦……丁寧に、慎重に、そして、全力で）

集中して男性の声が聞こえていないルピナスは、魔物の一瞬の隙をついてその背後に回る。

それから低空飛行をしている翼に向かって飛びかかるようにして剣を振りかざすと、魔物は耳を塞ぎたくなるような大きな鳴き声を上げてから、ふらふらと地面に落ちた。

「ごめんね。一撃で仕留めてあげられなくて」

ポツリとそう呟いて、ルピナスは地面でもがいている魔物に剣を突き立てた。魔物は断末魔の叫びを上げると、そのまま動かなくなった。

（よし、これで魔物は片付いた。後は）

ルピナスは負傷している騎士と、彼を介抱していた何やら見覚えがある騎士の元までパタパタと走ると、いきなり自身のワンピースの裾をビリビリと破いた。

「っ、おい、いきなり何をしてる……！」

「何って、応急処置をしないと……！」

驚く男性をよそに、ルピナスは破いたワンピースの布を摑んでしゃがみ込む。

倒れている騎士は、騎士服が破け、そこから見える傷からはかなり出血しているが、致命傷になるようなものではなく、他にも浅い傷が全身にあるように見えた。

「少し痛いですが、我慢してくださいね」

「うぁっ……！！！」

その中でも一番傷口が深そうな太腿の付け根に、布をきつく巻き付ける。とりあえずこの場では出血を抑えることが、一番必要だったからだ。

「一番深そうな傷は止血しました。あの魔物の爪には毒はないはずですから、命の心配はないですよ」

「あ、ありが、とう……」

（って、騎士ならそれくらい知ってるか）

そんなことを思いつつも、同じくしゃがみ込んでルピナスの動向を窺っていた、もう一人の男性の突き刺さるような視線に気が付いたのは、傷の処置が終わって直ぐのことだった。

無言のままじいっと見られ、決して悪いことはしていないはずだというのに、冷や汗がダラダラ出てくる。

ルピナスがごくんと生唾を呑むと、男性が口を開いた。

「さっきの身のこなしに、迅速な処置。君は一体何者――」

「団長～～‼」

しかし、そんな男性の言葉は、続々と現れた騎士たちの声によって遮られた。

「えっ、団長……⁉」

騎士たちの視線からして、団長と呼ばれているのは、今問いかけてきた方の男性だ。

ルピナスはまるで壊れた玩具のようにぎこちなく首を動かし、改めて『団長』と呼ばれた男性を見る。

アメジストのような紫の髪に、グレーの瞳は切れ長で美しい。薄い唇は形良く、一言で言えば美形だ。

隊服の上からでも鍛えられているのが分かるほどの体つきで、胸元には騎士の証の馬と剣の刺繍が施されている。そしてその刺繍が金色の糸で施されていることが、彼が団長であることの裏付けであった。

(うっそ……私ったら、騎士団長に怪我人を任せて剣を振るったの？　知らなかったとはいえ、やらかしてる……)

頭を抱えるルピナスから一旦離れた団長と呼ばれる男性は、部下たちに状況説明と怪我をした団員を病院へ連れて行くよう指示をすると、再びルピナスのところに戻ってくる。

未だにしゃがみ込んだままのルピナスに、男性はすっと手を差し出した。

(えっと、摑めってこと、だよね？)

無言で、どこか冷たく見える瞳で見下ろされているので、不審者だと疑われているのではないかと変に勘ぐってしまう。

しかし相手は、騎士だ。しかも騎士団長だ。十中八九貴族である。

現時点で身分はどうなっているかは分からないが、家を追い出されたルピナスに、この手を払い除けたり無視をしたりするような無礼な選択肢はなかった。

「ありがとう、ございます」

そうして手を摑んで立ち上がると、男は何故か一瞬視線を下げてから、おもむろに隊服の上着を脱ぎ始める。

何ごと？　と首を傾げるルピナスがその動向を見守っていると、まるで受け取れというように、ずい、と視線を逸らしたまま手だけが伸びてきた。

「服が破れてるから、これを巻くといい」

「あ……お気遣いありがとうございます」

なるほど、どうやらワンピースを破いたことで生足が見えてしまっているから、少しでも隠せるようにわざわざ上着を脱いでくれたらしい。

見た目や声色からは冷たさを感じるものの、その行動には温かさがある。

ルピナスはありがたく上着を拝借して腰に巻くため俯くと、つむじあたりにひしひしと感じる視線に堪らず顔を上げて問いかけた。

「あの、何でしょう？」

「君は何者だ？　あの動きはただの街娘じゃないだろう。それにさっきの動きは彼女にそっく――いや、何でもない。……で、君は何者だ？」

グレーの瞳に宿っているのは、疑念だ。その理由は、ルピナスには手に取るように分かった。

（私が暗殺者とか他国の間者とか、とにかく怪しいと思ってるわけね）

着古した服を身に着けた、平凡そうな女性が、剣で魔物を退治したのだから、それは至極当然の疑念なので、ルピナスはどう答えようかと思案する。

初対面の人間に前世の記憶が戻ったから、なんて話しても信じてもらえないことは分かりきっているし、かと言って適当なことを言えば、最悪の場合、良からぬことを隠すためにくだらない嘘をついたとして投獄されてしまうかもしれない。そんなことになったらたまったものではない。

どうしよう、と普通なら焦るところなのだが。

（前世では二十年、今世では十八年生きてるんだから、これくらいへっちゃらよ。それに、今ここで前世の記憶を思い出したのも、騎士に関わりを持てたのも、不思議ではあるけれど、きっと何かの巡り合わせに違いない。生きていくために働かないとと思っていたけれど、せっかくの人生だもの。それならやっぱり私は――）

ルピナスは真っ直ぐに男性を見つめると、ゆっくりと口を開く。

「実は昔から騎士団に入るのが夢で、鍛錬を積んでおりました。いざというときのために応急処置の知識も学びました。……けれど騎士を志すことを両親に反対されてしまい……。だったら騎士見習いとして雇ってもらおうと、直接騎士団に伺うために、反対を押し切って家を出てきたのです。――どうしても、騎士になりたくて」

前半は前世でのフィオリナのこと。後半は家を出てきた（厳密には追い出された）ルピナスとしての体験に少し脚色を織り交ぜて。

そして最後の言葉は、今のルピナスの本音だった。騎士の仕事が大好きだったフィオリナの記憶を取り戻したので、今世でも騎士になりたいと思ったのだ。

「なるほど。まあ、一応話の筋は通っているな。しかし、よく知っていたな。騎士見習い制度のことを」

騎士になるのには、大きく二つの方法がある。一つは推薦人と騎士団入団試験を受けるための高額なお金を準備し、簡単な試験に合格することで騎士団に入る方法である。

騎士の大半はこの方法で入団している。因みに殆どは貴族の令息である。

もう一つは、騎士見習い制度と言って、一つ目の方法が叶わない人間——つまり基本的には平民のための手段だ。

(前世の私はこの方法を使って騎士になったのよね)

衣食住は保障されているがお給金は出ず、騎士としての鍛錬や仕事に参加するよりも、家事雑用などの下働きの時間が長い。そんな中で、年に一度ある騎士昇格試験を受け、受かった者だけが晴れて騎士の名を授かることができるのだ。

(その年にもよるけれど、合格者はなかなか出ない。私のときも、十年ぶりの合格者だったっけ。それに女で騎士になったのは私が初めてだったから、少し話題になったのよね)

前世の記憶のおかげですらすらと言葉が出てくるルピナスは、過去の自分に感謝した。

「はい。調べました」

ぴしりと姿勢を正してルピナスがそう言うと、男性の瞳から警戒心がやや薄れる。

「魔物について詳しいのも学んだからか？」

「そ、そんなところです！　あ、そういえばまだ名乗っておりませんでした。申し訳ありません。私はルピナス・レギンレイヴと申します」

「レギンレイヴ？　……君は子爵家の人間か」

「あ、はい」

「貴族令嬢が親の反対を押し切って家出して、一人で王都に来て騎士になりたい、ね」

厳しい表情のまま顎に手をやって考え込む男性の姿は、とても様になっている。

（けれど、まるで氷みたい……）

ここまでの美形は中々見たことがないが、背筋が凍りそうなほどの冷たい表情は、近寄りがたい雰囲気を醸し出していて勿体ない気がする。ルピナスがそんなことを思っていると、男性は思考が纏まったようだった。

「分かった。貴族の出なら身元ははっきりしているし、問題はない。騎士見習いは激務だし、騎士昇格試験は半年後だから、それまではどれだけ実力があろうが騎士見習いのままだ。それに、我が国で、今まで騎士になった女性は一人しかいない。狭き門だがそれでもいいのか？」

「はい……！　問題ありません！　ありがとうございます‼」

（なるほど……私が死んでから、女性騎士は一人もいないのね）

その事実にはほんの少し寂しさを覚えたものの、これで衣食住に困らずに済むし、騎士への道も開けた。

ちょっとだけ嘘をついているが、まあ、そこは家族が関わってこない限り大丈夫だろう。万一、傷物令嬢ということを知られたとしても、別に騎士見習いになるにあたっては、さほど関係ないだろうし。

ルピナスは幸先の良い門出に、胸が高鳴る。

すると、ビュンッと強い風が吹いた瞬間、男性は「自己紹介がまだだったな」と背筋を伸ばした。その自然な仕草から育ちの良さが感じられた。

「俺の名前はキース・ハーベスティア。ハーベスティア公爵家の次男で、第一騎士団の団長をしている。お前には第一騎士団の見習い騎士になってもらおう」

（えっ。キースって、あの、幼かった……？）

ぼんやりとして、返事をしないルピナスに、キースはやや不思議そうに眉を歪める。

「……？　おい、どうし――」

ルピナスは信じられないと目を見開いて、そして、そりゃあ見たことがあるわけだ、と掠れた声を漏らした。

「キース、様……？」

「ああ、キースだが」

ルピナスが前世、騎士として働いていた頃、護衛対象だった八歳の少年が、転生後の世界で、まさか騎士団長として目の前に現れるなんて、誰が想像できただろう。

ルピナスの口から思わず言葉が漏れる。

「あの、もう毎日辛い思いをして泣いたりは――」

「……どういう意味だ？　ここ十数年泣いた覚えはないが」

キースが怪訝そうに尋ねてくる。

「ああ、申し訳ありません……！　騎士には辛い別れもあるかと思い、泣くことも多いのかなと思いまして……！　深い意味はないので気にしないでください……！」

「……？　変な奴だな」

僅かに不穏な空気が流れたものの、とりあえず大事にならなかったのでルピナスは安堵する。

キースは昔、人よりも体が弱く、泣き虫だった。それが原因の一つで、実の母から冷たく当たられ、毎日悲しそうに涙を零していた。

とある事件の後、キースがどうなったのかを知らないルピナスは、心優しかった彼が未だに悲しんでいないか、辛い日々を送っていないのかが、どうしても気になったのだ。

（とりあえず、泣いてないなら良かった。それに……どうして騎士を目指したのかは分からないけれど、騎士団長にまでなられるなんて凄いです、キース様。……そういえば、騎士団に入ってるってことは、王位継承権は放棄したのかな）

騎士と護衛対象という関係だったが、約二年もの間、おそらく誰よりもキースの側に居たのだ。

護衛を開始した当初、十八歳だったフィオリナは、当時六歳のキースのことを内心弟のように思っていた。その後、フィオリナは二十歳で命を落としているので、最後に見たキースはまだ八歳だった。立派になったキースの姿に感動を覚えるのは当然だった。

（って、待って!?　……つまり今、キース様は二十六歳ってことよね？　私は十八歳だから八つ

も年上……）

立派な大人の男性になったことに、嬉しさと、ほんの少しだけ寂しさが募った。

ルピナスがキースのことをあれこれと考えていると、キースは一旦部下たちに話してくるからと離れて行く。

怪我をした団員を病院へ連れて行った団員以外は、王都の巡回警備班と魔物の後処理班、住民たちへの説明班に分かれるらしい。

指示し終わったキースはルピナスのもとへ戻ってくると、これから騎士団本部に戻るつもりらしく、一緒についてきてくれ、とのことだった。

「分かりました。では王宮に向かうのですね」

「……よく騎士団の本部が王宮内にあることを知っているな」

「……ハッ！　それも……事前に調べまして……」

「……それならいいが。とりあえずついてこい」

「は、はい……！」

キースは一瞬怪訝そうな顔つきを見せたが、とりあえず納得したのか、何を考えているか分かりづらい涼しい表情へと戻る。

（昔は泣き虫だったけれど、もう少し感情表現が豊かだったのに……母親にあんな目に遭わされたんだもの。仕方がない……。けど、それならやっぱり私の前世のことは隠しておいた方が、いいかな。フィオリナだと打ち明けたら懐かしんでくれるかもしれないけれど、辛い思い出も蘇る

だろうし）

と、キースの過去に思いを馳せつつ、ルピナスは改めて自身がフィオリナの生まれ変わりで、その記憶が蘇ったことを隠そうと決意する。

気を引き締めなくてはと、ルピナスは拳をギュッと握りしめた。

「近くに馬を繋いである。まずはそこまで徒歩だ」

「はい」

王都と言われるだけあって、王宮は直ぐ近くにある。

とはいえ、王宮内の敷地だけでも広大で、王宮を出て王都の各地を巡回するには、馬が欠かせない。

団員は事前に決められた担当エリアに馬で向かい、現場に着いたら馬を繋いでから徒歩で巡回をするのである。

そうキースに説明されたルピナスは、知らないふりをして「なるほど」と答えた。

（十八年やそこらじゃ、私が騎士だった頃とそう変わらないみたい。良かった）

改めて見ると、少し街並みは変わっている。変わったものと変わらないもの、どちらも存在するが、何にしても初めて見たという反応をしなければとルピナスが改めて決意すると、キースが足を止めた。

彼の視線の先――――ルピナスの視界がそれを捉えた途端、身体がうずうずと震え出す。

「あれが俺の馬だ。気性が荒くて、俺以外の人間には懐かないから気を付けてくれ、って、おい

「……！」

「わ～～‼　可愛い！　凛々しくて可愛いなんて罪な子‼」

キースの言葉は右から左へ。ルピナスは駆け出した。

ルピナスは今世でも馬を見たことはあったが、記憶を思い出す前は、馬と深く関わる機会がなかった。

しかし騎士だった頃は、馬とは友達同然だったのだ。名前をつけ、毎日自分の手で毛づくろいをし、エサを与え、共に訓練をしたのは懐かしい思い出だ。

久しぶりの馬――鞍に騎士団の紋章が描かれている騎士団所有の馬に、ルピナスは興奮気味に近付いて目の前で立ち止まる。

「初めまして。私はルピナス。君は毛並みがつやつやだね～御主人様に愛されてるんだね～ふふ、本当に可愛いね～。ちょっとだけ撫でさせてもらっても、大丈夫かな？」

「待て！」と制止するキースの言葉は、興奮気味のルピナスの耳には届かず、ずいっと手を伸ばす。

優しい声がけを続けたまま、前世でしていたように馬が気持ちいいと感じる首あたりをゆっくりと撫でると、馬は心地いいのかうっとりとした表情を見せた。

「いい子だね～気持ちいいね～、腰はどう？　ふふっ、こっちも気持ちいいか～。そうか～良かった」

「…………なっ」

ルピナスは満足したのか、馬に「ありがとう」と言うと、くるりと振り返った。そこには唖然としたキースが立っていて、彼はおもむろに口を開いた。

「『フィオ』は気性が荒くて、俺以外に撫でられると激しく怒っていた。それなのに」

「相性が良かったのでしょうか？　良かったです！」

前世でも、フィオリナは馬と気が合った。声がけがいいのか、触り方が心地いいのか、気難しいと言われる馬でも、フィオリナには懐いてくれたものだ。

「それと、フィオくんと言うのですね！　素敵なお名前です……！」

「あ、ああ、ありがとう。……愛する人から取った名だ」

二十六歳の貴族男性が愛する人、というのだから、その相手は恋人か妻だろう。

『フィオリナはもしも結婚するならどんな人がいい？』

『考えたことありませんが、うーん。とりあえず、自分より強い人でしょうか？』

前世ではそんなふうに話したこともあったなぁと、ルピナスは思い出す。騎士団で指折りの実力者だったフィオリナよりも強い人なんて、中々居ないというのに。

興味津々な様子で結婚に対して聞いてくるキースに、とりあえず答えなければと適当に返事をしたわけだが、もうそんなキースも恋人の一人や二人、どころか結婚していてもおかしくない年齢になったんだなぁ、とルピナスは感慨深い思いでいっぱいになった。

（……ん？　フィオ……って、そんなわけないか）

◇◇◇

王宮の門をくぐると、フィオを厩舎《きゅうしゃ》へ戻してから王宮の一角にある第一騎士団の騎士団棟へと足を運ぶ。

王宮内の一部とあって、広くて作りは豪華であり、十八年前と大きく変わっている様子はなかった。

しかし当時、騎士棟は全て騎士見習いが掃除をしなければならなかったので、この広さが憎らしかった。

（はあ～相変わらず長い廊下。ここの掃除、いっっっつも誰がやるかで喧嘩してたっけ。懐かしいな……）

キースにはバレないよう、ふふ、と小さく笑みを零しながら、ルピナスはキースの斜め後ろを一定の間隔――約三歩の間隔を保ちつつ、ついて行く。

するとキースは、突然ピタリと足を止め、身体を半分ほど捻って振り返った。

「……君は、既に誰かに騎士としての指導を受けているのか？」

「はい？」

「その距離の取り方は、要人を護衛するときのものだ」

「…………！」

発言には気を付けなければと思っていたものの、体に染み付いた習慣までは気が回らなかったルピナスは、咄嗟にへにゃりと笑ってみせる。

「あ、あはは。そうなんですか⁉　知りませんでした……！　偶然です偶然！」

「……………まあ、いいが。すぐそこが団長室だから、とりあえず部屋の中で詳しいことを話そう」

再び歩き始めたキースに、これからは行動にも気を付けなければという思いを、ルピナスは胸に刻む。

――そして一時間後。言動以外にも、気を付けなければいけないことがあると知ることになる。

団長室に到着してからの話は、大方予想どおりのものだった。

まずは、改めてルピナスに対しての聞き取り。名前、年齢、病気の有無や、騎士見習いをするにあたって、家事の経験があるかなどの確認。

それからは簡単な騎士団棟の配置図を渡され、普段騎士たちが住まう騎士団寮の場所、訓練を行う訓練場、食事はどこで食べるかなど、様々なことを説明され、改めて騎士見習い制度についての確認をされた。

他には、騎士団には専属のメイドはいるが、見習いを含め、女性騎士はルピナスしかいないこと。そのため通常は相部屋のところ、一人部屋をもらえるらしいが、その他については女性だからと言って特別扱いはしないということ。

（キース様、説明は丁寧だけれど、話し方は淡々としているし、クスリとも笑わないわね……まあ、仕事中だものね）

幼い頃のキースを知っているルピナスは、キースの態度に違和感を持ったものの、さほど気にする必要はないかと、一旦彼に対しての思考は放棄した。

「今日は忙しいため説明を省かせてもらったが、大丈夫か？」

「はい！　大丈夫です！」

「それなら、これにサインを」

そう言って差し出された騎士見習い申込の書類にサインをする。

「これで君は第一騎士団の騎士見習いだ。団員への紹介は夕食のときにでもする。今日の夜七時に騎士見習いに君の部屋に迎えに行くよう伝えておくから、それまではゆっくりしていてくれ。あとで昼食も運ばせよう」

「はい。分かりました。ありがとうございます」

「ああ、あとそれと、もう一度配置図を見てくれ」

骨ばったキースの人差し指が、ローテーブルに置かれた配置図の騎士団棟を指差す。

「今居るのはこの騎士団棟。正式名称は第一騎士団棟だ」

そしてその指は、ずず……と横に動いた。

「そしてこっちが、近衛騎士団棟」

ここアスティライト王国では、騎士は大きく三つに分けられている。

王族の身辺護衛や式典の対応を主に担当する騎士の花形――近衛騎士団。

王都の巡回や、王都や郊外に現れる魔物の討伐、主に治安維持を担当する――第一騎士団。

辺境地での魔物の討伐や、辺境警備を主に担当する――第二騎士団。

第二騎士団は主に辺境で仕事に励んでいるので、宮殿内に第二騎士団棟は設けられていない。王都に来るときは、第一騎士団の騎士団寮を間借りするのが通常である。

「近衛騎士団について、知識はあるか？」

「一般的なことでしたら、多少は」

ルピナスは唇をピクピクとさせながら、喉まで出かかった言葉を抑える。

（いや、だって私……前世では第一騎士団で三年、近衛騎士団で二年務めてるし。そりゃあ内部のことも詳しいけども。……うん、知らないふり、知らないふり）

「そうか」と抑揚のない声で言い放ったキースは、切れ長の目でルピナスの大きな瞳を捉えた。

「近衛騎士団はプライドの塊のような人間が多くてな。騎士見習いや騎士見習い制度で騎士になった人間を嫌うふしがある。棟は違うと言っても渡り廊下があるから共有部分も存在する。そちらにはできるだけ近付くな。絡まれたら面倒だから、一応な」

「はい、分かりました」

（私が近衛騎士団所属になったのは、当時の近衛騎士団長の推薦だったっけ。半分嫌がらせのつもりだったんだろうけど。……ま、それで二年間、弟のように可愛いキース様の護衛をすることができたんだから、全く恨んではないけどね！）

因みに、キースはハーベスティア公爵家の人間だが、キースの母が王妹ということで、王家の血筋を引き、王位継承権を持つキースは王族である。

だから前世では、フィオリナが近衛騎士として少年キースの護衛を担当していたのだ。

「よし、それなら話は終わりだ。騎士団寮まで送る」

「それなら配置図を見れば……」

「場所は分かっても、どの部屋かまでは分からないだろ。いいから行くぞ」

「あっ、はい……！」

忙しいと言いながらも、しっかりと騎士見習いの面倒をみるあたり、キースは根本的な部分は昔と変わらないのだろう。

年齢は年上になり、騎士団長になり、体格も頭一つ分以上はゆうに高く、声も驚くほどに低くなった。

泣かない代わりに、今のところ笑顔も見られず、表情や瞳はかなり冷たい。

けれど、忙しい中騎士見習いであるルピナスのために時間を割いたり、隊服を貸してくれたり、忠告をしてくれたり、優しいのは間違いないのだから。

「おい、何をニヤけてる」

「……！　いえ！　何でもありません！」

変わったところも多いが、優しいところが変わっていないのが嬉しくて、ルピナスはついついニヤけてしまう口元を片手で隠す。

フィオリナのときは家族がおらず、親戚をたらい回しにされ、ルピナスとして生まれ変わってからは、家族に虐げられっぱなしだった。そんなルピナスは、家族について何かを語れるようなほどの経験はしてきていないけれど。

（多分これは、弟が立派に育ってくれたなぁって思う気持ちね。……実際は弟だなんて思ってはいけない、王族と騎士見習いの関係だけど。思うだけなら自由だしね）

ルピナスに生温かい瞳で見つめられたキースが、少し気まずそうに目を逸らす。

「置いて行くぞ」と冷たく言ったキースを、ルピナスは慌てて追いかけるのだった。

キースの後について行き、案内された騎士団寮のとある部屋で、ルピナスは再びやらかすこととなる。

「この、部屋は――」

カーテンが開けられた大きな窓からは、心地良い太陽の光が差し込む。

部屋の端には、騎士には体格が大きい者も多いためか、大きめのシンプルなベッドが置かれており、その反対側には壁付けの木のテーブル。入り口のすぐ横の扉には小さなバスルームとトイレが付いていて、食事以外はこの部屋で完結する作りになっている。

（フィオリナ《私》の、部屋だ……）

当時、フィオリナはこの国の歴史の中で初めての女性騎士だった。

しかし女性だからといって特別扱いはされず、部屋は二人一組だったし、トイレやバスルームは全て共同だったのだ。

（トイレはまだしも、お風呂はいつも大変だったな）

人の善い第一騎士団の団員たちは、フィオリナのために色々と工夫してくれたが、それでも実際は苦労が多かった。

他の団員に迷惑をかけているのも心苦しく、フィオリナは、正騎士になってから、必死にお金をためて当時の第一騎士団長に部屋を一つ改造してほしいと交渉したのだ。

当時の第一騎士団で団長、副団長に続いて三番手の実力の持ち主だったフィオリナのその要望は聞き入れられ、バストイレ付きのフィオリナだけの部屋が完成したことが、まるで昨日のことのように思い出される。

（部屋ができてすぐに近衛騎士団配属になって、この部屋にはあまり長くは住めなかったっけ。でも、キース様の専属護衛になってからはハーベスティア邸に住み込みだったし、立派な部屋をいただけたから全く不便はなかったけれど）

ルピナスが視線を左右上下に動かしながら、部屋のあちこちを見て回ると、キースはその様子をじっと見つめる。

「気に入ったか？」

「は、はい！　ありがとうございます！」

「実はこの部屋は、過去に唯一女性騎士として活躍した人が、自ら改造した部屋なんだ」

それ、私です。とは言えず、ルピナスは「そうなんですね」と当たり障りのない答えを口にする。

（確か、部屋の改造のことは、キース様にお話ししたっけ）

厳密には改造するためのお金を用意し、直談判をしただけなのだが。とは、ルピナスの姿で言えるはずもなく。

「彼女は昔、幼い俺の護衛騎士も担ってくれていた、強くて、優しくて、俺にとって……とても大切な人だ」

「…………っ」

今世で出会ってから、初めて見せる切なそうなキースの瞳に、ルピナスの心はズキンと音を立てる。

（ずっとお側にはいられなかったのに……。騎士だった私のことをそんなふうに……あのときは私しか味方がいなかったからだろうけど、嬉しいな……けどやっぱり……）

その辛そうな瞳は、フィオリナを思い出すと同時に、家族との辛い思い出も蘇っているからなのではないか。

そう考えたルピナスは、改めてフィオリナの生まれ変わりであることを、前世の記憶を持つことを、隠し通さなければと胸に深く刻み込む。

キースは表情を元に戻すと、「そういえば」とルピナスを見つめた。

「まだ言っていなかったな。今日は仲間を救ってくれて助かった。礼を言う」

「……いえ、そんな！　お役に立てて、何よりです」

「……が、君は女性だ。差別するつもりはないが、男所帯の騎士団では、自分の肌はそう易々と晒すな……って、その手はなんだ」

「えっ」

ルピナスは話の途中から、自身の両手で顔を覆い隠していた。

突然の意味不明なルピナスの行動に、キースは低い声で問いかける。

ルピナスは無意識の行動だったので、咄嗟に手を元の位置に戻すと、慌てて口を開いた。その頬は、ほんのりと赤い。

「もも、申し訳ありません……！　その、……女の子扱いされると、どうにも顔を隠してしまう癖がありまして……毎回ではないのですが……」

「…………！」

キースの眉間にぐぐぐ、と皺ができる。

何か怒らせてしまったのだろうかと、ルピナスがもう一度謝罪すると、キースは「謝らなくていい」と言って、部屋のドアノブに手をかけた。

「さっき話した女性も、君と同じ癖を持っていたから、驚いただけだ。……ではな」

――パタン。

扉が閉まり、ルピナスはよたよたと歩いてベッドサイドに座り込む。

「これは……わりとすぐバレそうな気がする」

ハァ……と大きくため息をついて、前世と比べて体力のない身体をベッドに抛《なげう》った。

「あ！　隊服返すの忘れてる……」

それから少しして、一人きりになった部屋で、ルピナスはまずボロボロになったワンピースから騎士見習いの服に着替えた。騎士見習いの少年が、昼食とともに持ってきてくれたのである。

ルピナスはその少年にお礼を言うと、お腹がすいていたこともあって、ぺろりと完食する。

大雑把な味付けだったが、騎士たちが食べるからかボリュームはあって、ルピナスとしては大満足であった。

「それにしても、まさかキース様が騎士団長になっているなんて」

返し忘れてしまったキースの隊服のジャケットを大切そうに抱えながら、ルピナスはボフッとベッドに腰を下ろす。

両腕を伸ばして黒い隊服をじぃっと見つめれば、その大きさに、キースが大人になったことを改めて実感した。

「木登りしたら降りられないよって困って、夜一人では眠れないって泣いていたキース様が……立派になられて……。けど、どうして、騎士になったんだろう？」

――もしかして私に憧れて目指したのだろうか。そんな都合のいいことを考えて、ルピナスはゆっくりと頭を振る。

「いくら二年間ずっとお側にいたとはいえ、さすがにそれはないか」

何にせよ、もう辛い思いをしていないならばそれで良いのだが、自身が死んでからのキースの詳細を知らないことにルピナスは頭を悩ます。

（フィオリナとしての人生の唯一の心残りは、キース様の未来を見届けられなかったことね。まあ、今は生まれ変わったから見られるんだけど！　空白の期間のことは知らないし）

あ・・・あの事件の後にどうなったのか、ハーベスティア家がどういう状況なのかは気になるが、社交界に一切出て行かなかったルピナスには分からない。

本人に聞けば怪しまれるだろう。周りにこそそこ聞くのはキースの気分を害するだろうから、実質手段はないと言える。

とはいえ、騎士見習いとして過ごすうちに、もしかしたら知る機会はあるかもしれない。

うん、とひとり頷いたルピナスは、自分のことについても考えなければと頬をぱちんと叩いて気合を入れた。

（せっかくの第二の人生だもの！　あんな家族のことはとりあえず忘れて、半年後の騎士昇格試験に受かるよう頑張ろう。まずはそこからだ）

あとそれと、キースにフィオリナであることがバレないように行動すること。これも心がけなければと思いながら、ルピナスはゴロンとベッドに四肢を預ける。

フィオリナとルピナスの記憶が混ざりあい、脳が疲れたのか、長時間の移動や魔物と敵対したことで肉体の疲労がピークに達したからなのか、眠たくてたまらないのだ。

（………あ、むりだ……おちる……）

耐え難いほどに落ちてくる瞼に、ルピナスは目を閉じた。

第三章　見習い騎士として、始動です

『フィオリナ、今日からお前は近衛騎士団に異動だ』

十八歳のとき。当時の第一騎士団の団長に辞令を言い渡されたフィオリナは、慣れ親しんだ職場を離れることを寂しくは思いつつも、『了解です』と異動の支度を済ませた。

平民出身の人間が近衛騎士団に入った前例はなく、特に女性初の騎士のフィオリナのそれは、まさに大抜擢だった。

（騎士として求められるなら、何だって頑張れる）

このとき、まだ自分が大抜擢された理由を知らなかったフィオリナはそう決意した。

近衛騎士団の人間は平民出身の騎士を嫌うふしがあることを知っていたフィオリナだったが、何も友達を作りに行くわけではない。

任された仕事を精一杯務めようと胸に決めたところ、任された仕事が、当時まだ六歳のキースの護衛だった。

『キース様、専属護衛騎士を拝命いたしました、フィオリナと申します』

『……う、うん。よろしく、フィオリナ』

まだ幼年の面差しがある少年――キース・ハーベスティアは、王位継承権第三位の権利を持ち、公爵家の次男という誰もが羨むような出自である。

（どうして私をこの方の護衛に？　わざわざ近衛騎士団に転属させてまで）

見たところ、あまりにも横暴で歴代の騎士がお手上げ、という感じでもない。

近衛騎士団の人間は貴族出身の者ばかりなので、これほど高貴な身分のキースとならば関係を作っておきたいと考えるのは、想像に容易《たやす》いというのに。

ルピナスは護衛を始めて三日目までは、特段何の問題もなく仕事に当たっていた。

キースは毎日部屋にこもって勉強をしているので、代わり映えしない仕事だなぁ、と思うくらいで。

しかし、配属四日目。

歳の割にやや低い身長も、栄養の行き届いていない華奢な身体も、フィオリナに見せた罪悪感を孕む瞳も、それらは全て、当時の国王の妹である実の母に、虐げられていたからだったと、知ることになる。

『お前は王族の血を引いてるのに、どうしてこんなに出来損ないなの‼』

『また風邪を引いたですって⁉　勉強をしたくなくて嘘をついてるんでしょ⁉　嘘つきに与える食事はありませんからね！』

『この愚図‼　お前がちゃんとしないと……私が旦那様に愛してもらえないじゃない‼』

王妹であるキースの母は、ハーベスティア公爵の後妻だった。

王女が後妻に入るというのはそれほどある話ではなかったが、相手が公爵家であること、政治的に互いに利があったこと、王女自らが公爵を夫にと望んだことで、それは叶った。

　そして公爵には前妻との間に子供がいた。公爵家長男ロイヤーである。彼には王位継承権はなかったが、キースとは十歳ほど歳が離れていることもあってキースよりあらゆる面において優れていて、聡明で、体も強かった。

　公爵を愛するキースの母は、自身が産んだ子供――キースが、前妻の子供より見劣りするのが許せなかったのだ。まるで、前妻の方が公爵の妻としてふさわしかったと思わせるから。

『僕がお兄様みたいに何でもできたら……お母様はきっとあんなふうに怒らないんだ……っ』

『……そんな、お兄様は御歳が十も上ではありませんか。比べること自体がおかしいのです。キース様は大変優秀でいらっしゃいます。むしろお勉強を頑張り過ぎなくらいです。……ご自身を、責めないでください』

　自宅でも外出先でも、フィオリナは専属護衛騎士としてキースの側にいた。

　その度に母に対して文句を垂れるのではなく、常に自身を責めるキースを、フィオリナは何度も何度も励ました。いや、それしかできなかったから。

（どうしたら、キース様が少しでも笑ってくださるだろう）

　騎士であるフィオリナの仕事は、護衛対象であるキースを守ることだ。例えば暗殺者から、例えば事故や事件などから。

　それで言えば、キースはときおり外出するときも、自宅にいるときも、今のところ問題もなく安全であり、フィオリナが特段出しゃばる必要はないと言える。

　――けれど、本当に、それでいいのか。

（このままじゃあ、命は無事でも、キース様の心が死んでしまう）

公爵は忙しく、ときおり公務で家族と外に出るとき以外は会うことはない。兄のロイヤーは二年ほど前から留学しており、物理的にキースの側にはいない。

使用人たちは、王妹でありこの家の女主人であるキースの母がやることに対して口を出せるはずもなく、見て見ぬふりしかできない。

（だめだ……このままじゃ、こんなのじゃあ私は、キース様を護ってるなんて、言えない）

だからフィオリナはキースの心を守るために、少しだけ騎士の道から外れることにした。

『キース様。今日は天気がいいので、勉強はそのくらいにして、外に出てみませんか？　たまには思い切り体を動かしてみましょう！』

キースは少し体が弱かったが、持病があるわけではなく風邪を引きやすかったり、疲れやすいだけで決して運動量に制限があるわけではなかった。

母親の顔色を見て、遊ぶのを我慢し、勉強ばかりしていたので、外で遊ぶ機会などなかっただけで。

『けど……そんなのバレたら……』

『奥様は今お茶会で外出していらっしゃいます。使用人の方には私が上手く言っておきますので、ご安心ください』

『本当……？』

『はい！　行きましょう！』

そうしてフィオリナは、公爵夫人がいないのを見計らって、ときおりキースを外に連れ出すことにした。

これがフィオリナとキースが、ただの騎士と護衛対象から仲を深めることとなったきっかけだった。

それからも、フィオリナはキースを気にかけた。

ときには食事を抜かれたキースのためにこっそり食堂で何か料理を分けてもらい、届けたり、一緒に木登りをして遊んだり、キースが一人で眠るのが寂しいというときは、添い寝をして寝かしつけたり。

そういうことを続けていくうちに、虐げられる機会が劇的に減ったわけではなかったけれど、キースは少しずつ元気になり、笑顔を見せるようになっていった。

『フィオリナのおかげで、僕最近楽しいんだ』

『キース様…………』

『ありがとう！　フィオリナ大好き！』

『私もキース様が大好きですよ！』

そうして早一年、フィオリナは騎士としてずっとキースの側にいた。

遊ぶのが適度な気分転換になったのか、キースの学力は飛躍的に向上し、身体も強くなった。

泣いてばかりだったのに、それは少しずつ少なくなり、内向的な性格も、かなり明るくなった。

フィオリナにとって、それはまるで自分のことのように嬉しく、幸せだった。

けれど、現実は上手くいくことばかりではない。

キースがどれだけ変わろうと、母の態度は変わらなかったのだ。

それはある雨が降る日のことだった。

『もう！　この問題間違えてるじゃない！　本当にお前は何にもできないわね！　この愚図‼』

家庭教師が出した宿題の解答をチェックしていた公爵夫人が、キースのミスを見つけて叱責する。

『ご、ごめん、なさい……っ、ごめんなさい……っ』

怒鳴りつけるキースの母を、部屋の後方で見ているしかできないフィオリナは、バレないように拳をギュッと握りしめる。痛いほどに力を込めていたため、手のひらに爪が食い込むほどだった。

（我慢よ、我慢……可哀想だけれど、直接止めに入ることはできない）

というのも、騎士の立場で余計なことに口を出すのは規律違反、という理由だけではない。

『ねぇ！　お前もそう思うでしょう⁉』

『……申し訳ありません奥様、私にはなんとも。ああ、そういえば、以前の赤色のドレス、とてもお似合いでした。公爵様からも、さぞお褒めいただいたのでは？』

『あらっ～！　分かる？　お前の名前は……そう、フィオリナだったわね！　フィオリナは今までの騎士と違ってよく分かってるじゃない！』

『恐れ入ります』

キースの母は、元王族ということもあってか、甘やかされて育ったからなのか、本人の元々の性格なのか、キースを虐げている様子からも分かるように、気性が激しく、短気だった。

フィオリナはキースの護衛騎士になってから知ったのだが、彼女は気に入らない騎士は直ぐに交代させることで、有名だったのである。

フィオリナの前任、そのまた前任も、半年も持たずに交代させられていたのだ。

理由はどうあれ、交代を命じられるのは、騎士にとって不名誉だ。過去に、キースの専属護衛騎士を担当した者の中には、実家にまで影響が出た者までいたらしい。

だからこそ、平民であるフィオリナがわざわざ転属してまで選ばれたことを、キースの護衛騎士になってから知った。

近衛騎士たちは、自分たちが不利益を被る可能性が高い案件を、フィオリナに押し付けたのである。

初の女性騎士で、実力もあるフィオリナを僻《ひが》み、評判を落としてやろうという魂胆もそこにはあったのだが。

（私が止めることは簡単……それで不敬だと罵られても、減給をくらっても、構わない。けれど騎士を交代させられたら……またキース様が一人ぼっちになってしまう）

一度はこのことを公爵に訴えてはどうかとキースに進言したこともあったが、そのときは実行には移さなかった。

というのも、キースは父からもそれほど愛されている気がしていなかったからだ。絶対に庇《かば》ってくれるという自信も、試す勇気もなかった。

フィオリナは身寄りがなく、親心なるものがあまり分からなかった上に、会う機会が殆どない公爵の人となりが分からなかったため、強く進言することはできずにいた。

フィオリナ自身が伝えるにしても、公爵がフィオリナの言葉を信じず、かつ告げ口がバレたときのことを考えると、ことは簡単ではなかった。

(最悪なのは、私が専属騎士を辞めさせられて、キース様への扱いがもっと酷くなること。これだけは阻止しなければ)

証拠を集めるにしても、キースの母がいる前で変なことはできない。

何より、キースは以前より元気になったため、ある意味、今言っても信憑性が薄かったし、身体に跡が残るような体罰はなかったので、その異常性を公爵に明確に伝えるのは容易ではなかったのだ。

気が付けば、護衛騎士になってから一年半が経ち、フィオリナとキースはより仲を深めていた。

『ねぇ、フィオリナは好きな人とかいないの？』

『いませんねぇ〜。今はキース様のお側にいることが一番大切ですから！』

『じゃあ誰かと結婚したりしない？』

『ふふ、まず相手がいませんし。私よりキース様の方がご結婚は早いかもしれませんね』

『じゃあ一緒にしよう？　結婚』

『あはは、いいですね〜それ！』

　同時期に結婚しようだなんて、まるで仲のいい友達のような会話だ。フィオリナはそう思って嬉しそうに答えるが、キースは、ぶすっと頬を膨らませる。

『フィオリナの分からずや！』

『えっ⁉　私は何か変なことを⁉』

『……いや、いいよ。フィオリナが鈍感なのは分かってるし、僕が結婚できる歳になったら毎日伝えるようにするから』

『……？　はい、分かりました！』

『絶対分かってない』とポツリと呟いたキースの顔は、何やら不満気だ。

　泣いてばかりだったキースがそんなふうに表情をコロコロと変える姿に、フィオリナは嬉しさと、同時に自分の無力さを痛感する。

（聡明なキース様は、私が表立って庇えないことを理解してくださっているのだろう。だからこんなに慕ってくださって……なのに私は……根本的には何も変えられていない。どうしたらいいの。私にはまだ、何かできることがある……？）

　しかしどれだけ考えても、キースの母の行動に制限をかけたり、キースを虐げることをやめさせたりする画期的な方法はフィオリナには思い付かなかった。

　唯一可能性があるのは、やはり公爵にこの事実を伝えることだろう。

　だからフィオリナは、今後役に立つかもしれないからと、キースが受けた仕打ちを日記に書き記すことにした。

文字にすると改めてキースの境遇が憐れに思え、何もできない自分の無力さに悔しくて涙が溢れてくるけれど、それでも書き続けた。

そしてキースの専属護衛になってからそろそろ二年が経とうという頃、あの事件が起きたのだった。

『嫌だよぉ……！　フィオリナ死なないでぇ……っ‼』

◇◇◇

意識がゆっくりと浮上する中、見慣れたような、それでいて久しぶりに見る天井に、ルピナスはすぐさま状況を理解した。

「日が落ちてる……かなり眠ってしまったのね」

目が覚める間際、最期の瞬間の夢を見たルピナスは、傷のある左肩を優しく擦る。

もう一度目を瞑って脳裏に浮かぶのは、横たわるフィオリナに縋って、泣きじゃくるキースの姿だ。

「…………。って、感傷に浸ってる場合じゃないか。そろそろ呼びにきてくれる頃だろうし」

ルピナスはゆっくりと起き上がると、手ぐしで髪の毛を整えてから、トランクに入れておいた壊れかけの髪留めで髪の毛を後ろで一つに纏めた。既に支給された見習い服に着替えていたルピナスは、身なりが整っているか姿見で確認を行う。

（前世の私、姿見を置いておいてくれてありがとう……）

直後に聞こえたノックの音に、「しっかりしなさい、私」と自分に活を入れてから、ルピナスはドアノブを回したのだった。


「キース、昼間のこと本当なのぉ？　貴族のお嬢ちゃんが魔物を倒して、団員に応急処置まで施したってぇ？」

「ああ。この目で見た。事実だ」

夕方になり、仕事が一旦落ち着いたキースは団長室の窓際に座りながら、日が落ちかけている外を見つめる。

（……ルピナス・レギンレイヴか）

一命を取り留めた団員が興奮気味にルピナスの当時の様子と助けてくれたことへの感謝の言葉を口にし、それを付き添っていた団員が広めたことで、今や団員たちの間ではルピナスの話でもちきりだった。

しかも、そんなルピナスが騎士見習いになるということも既に騎士団棟内では広まっているらしい。

噂話の真相を聞こうと団長室を訪れた副団長――マーチス・スライヤーが、ほっそりとした脚を組み直しながら、キースに質問をぶつける。

「そんな子がいるなんてびっくりよねぇ。騎士見習いになるんでしょう？　さっき団員たちが噂してたわ。夕食のときに紹介する運びになってるのよねぇ？　あたし、今から楽しみだわぁ」

「……マーチス、彼女は女性だ。他の団員にするような過度な接触はするなよ」

「そのあたりは心得てるから心配は無用よ！　って、キースったら！　『マーちゃん』って呼んでって言ってるじゃない！　もぉ！」

「…………ハァ」

鮮やかなピンクの髪を耳にかけ、ぷりぷりと怒った素振りを見せるマーチスは、言葉遣いはどうであれ、正真正銘男である。

キースが十五歳のときに騎士団に入ってからの旧友であり、今や相棒のような存在だが、未だに『マーちゃん』と呼べと言ってくることだけは鬱陶しかった。

「その子の名前って、なんて言うの？」

「ルピナス・レギンレイヴだ」

「あらぁ、子爵家の子ね！　しかもルピナスって……確か姉の方でしょう？　ほら、確か……『傷物令嬢』って呼ばれてる！」

「傷物令嬢？」

キースは公爵家の人間なので社交界の催しに参加することはあったが、それは本当に必要最低限、王家が主催するものだけだった。

現在公爵である父と次期公爵の兄は政治的な思惑もあって、それなりに出席していたが、爵位を継がないキースにはあまりメリットがなかったから。

「知らないの？　社交界では結構有名よぉ？　キースってば、騎士団に入るために王位継承権を放棄したとはいえ、もう少し貴族のあれこれに耳を傾けたらぁ？」

アスティライト王国では、王位継承権を持つ者は騎士団や魔術師団などの命の危険に晒される機関に、基本的には所属できないようになっているのである。

一人だけ例外はいるが、その話はさておき。

「で、傷物令嬢とは何だ」

「言葉のまんまよ。生まれたときから身体に大きな傷があって、令嬢として無価値だと言われているのよ。傷物令嬢って言葉とルピナスって名前だけは有名だけど、社交界では一度も見かけたことがないわね。……まあ、おそらく華やかな人生を送ってきていないことだけは確かだわねぇ」

貴族のあれこれに疎いキースでも、同情を孕むマーチスの瞳から、大方の想像はついた。

家から出ないようきつく言い渡されて不自由な生活を送っているか、自身を無価値だと思い込んで引きこもるか、はたまたもっと酷い扱いか。

よくよく思い出せば、ルピナスが着ていたワンピースは薄汚れていて、令嬢とは思えないような髪の傷み方だった。

（確かにルピナスは家出をしたと言っていたな。だがあまり悲愴感は感じなかった。……まあ、俺がどうこう考えることでもないか）

ルピナスに傷があろうがなかろうが、実家でどんな目に遭っていようが、実際のところ、それは大きな問題ではない。

騎士団長としてキースは、有能な人間ならば大歓迎、と単純に割り切りたかったのだが。

「……騎士たちの殆どは貴族だ。お前の話が本当なら、あいつらもルピナスが傷物令嬢だと呼ばれていることは直ぐ見当がつくだろう」

「……？　ええ、そうねぇ」

「うちにそんな小さなことを気にするような愚かな奴は居ないと思うが、俺が居ないときはルピナスのことを気にかけてやってくれ」

「あらあら、まあまあ‼」

ルピナスは団員を救った恩人だ。騎士見習いとなった今、仲間だ。それにあんなに高い実力を持った人間を、簡単には手放したくない。

だから多少は気にかけないと――と思いを口にしたキースだったが、マーチスがあまりにニヤニヤと口元を緩めるので、ギロリ、と睨み付ける。

「やだぁ～怖いわ！　珍しくキースが女の子を特別扱いするから顔に出ちゃっただけじゃない！　街でどんな美女に話しかけられても、たまーに社交界に出て令嬢にきゃーきゃー言われても一切靡《なび》かなくて、ついには氷の騎士様なんて――」

「その名で呼ぶな。周りが勝手に言ってるだけだろ」

「はいはい。怒らないでよぉ」

「それにしても、キースが女の子に対してそこまで気にかけるって、本当に珍しいわねぇ」と続けるマーチスに、キースは無言で視線を逸らした。

（そんなの、俺だってそう思ってる）

普段は女性がいない職場とはいえ、女性と関わろうと思えば、その機会はいくらでもある。

しかし、今までのキースは一切関わろうとしてこなかった。

心に決めた大切な女性がいるため、他の女性のことなんて毛ほどにも興味がなかったからだ。

（初めてかもしれない。彼女以外に、ほんの少しでも興味を持ったのは）

十八年前に亡くなった大切な人のことを思い浮かべてから、キースは今日のルピナスの行動や言動を、思い返す。

『緊急事態なので、お借りしますよ、と……！』

そう言って、剣を振る姿は、いくら修行をしていたとしても素人のそれには見えなかった。

だいたい自分の命を顧みず、見ず知らずの怪我をした人間を助けようという人間は滅多にいない。ましてルピナスは女性だ。

キースが普段社交界で出会う女性は、人の噂話や、どこの菓子が美味しい、誰の宝石が大きいなどといった話ばかりしている。自分のことより、他人のことを考える女性にキースは今まで、たった一人しか出会ったことがなかった。

（それに、剣を振るう姿が不思議と、過去に何度か見た彼女とダブった）

躊躇することなく服を破り、応急処置をする姿も手慣れているように見えたし、最初は実戦を経験済みの間者か暗殺者か何かかと、キースは疑った。

それに魔物や騎士見習い制度についても知識があり、ルピナスという女性は何者なのかと、得体の知れない感情が込み上げてきたのは事実だ。

（しかも、あの癖……実際に見たことはなかったが、いつか話してくれたことがあったな）

『女の子扱いされると、どうにも顔を隠してしまう癖がありまして……』

今日だけで、二つも彼女とルピナスに繋がりを覚え、偶然にしても心臓に悪いとキースは内心嘆く。

（だが一番はあの質問か）

『あの、もう毎日辛い思いをして泣いたりは――』

（あれは一体、どういう意味だ）

まるで過去に泣き虫だったことを、母から虐げられていたことを知っているみたいだ。

その事実は公にしていないから、そんなはずはないのに。

ルピナスは騎士は辛いこともあるだろうから尋ねたと言っていたが、どうにも腑に落ちない。

キースの目がすっと細められる。

（まあ、良い。考えるだけ時間の無駄だ。それに、別にどうだっていいだろう。俺は――）

ふぅ、と一息ついたマーチスは、「ねぇ」とキースに話しかけた。

「ルピナスちゃんに一目惚れした可能性はないのぉ？」

「――は？」

「その顔こっわぁ！　冗談よぉ！　ないわよね～。キースは昔から、一途に愛してる人がいるんだものねぇ？」

「……分かってるならいちいち変なことを言うな。鬱陶しい」

いくら爵位を継がないとしても公爵家の人間ともなれば、数え切れないほどの縁談が舞い込んできている。

しかしキースはそれを『昔から愛する人がいるから』という理由で全て蹴っているのだ。

毎回決まったようにその台詞を吐くので、貴族たちの中でキースが『誰かに恋い焦がれている』ことは周知の事実であった。

中には、縁談を断るための常套句だと思っている者もいるらしいが。

「まあ、何にせよ、未来は誰にも分からないってことよね」

「……？　どういう意味だ」

「さあ？　自分で考えなさい！　じゃあねぇ～」

――パタン。

聞きたいことを聞いて話したいことを話して、颯爽と部屋を出て行ったマーチスに、キースは何度目かのため息をつく。

それから立ち上がってテーブルの引き出しを開け、所々に水滴の跡がある古い日記を優しく撫でた。

「未来も何も――俺は生涯フィオリナしか愛するつもりはない」

ルピナスを食事に呼びにきてくれたのは、同じ騎士見習いのコニーである。数時間前、昼食と見習い騎士服を持ってきてくれたのも彼である。

騎士団棟内でルピナスのことは噂になっているらしく、「魔物を退治するなんて凄い！」と興奮気味に言われたのは数分前のことだ。

それから簡単に互いの自己紹介を済ませると、コニーの年齢が十六歳でルピナスよりも二つ年下ということが判明した。

互いに騎士見習いということと、年齢ではルピナスが上だが、騎士見習いではコニーが先輩に当たることから、気楽に話そうという結論に二人が至ったのは、ルピナスがそれを強く望んだからだった。

「けどルピナスってお貴族様なんでしょ？　平民の僕がこんなふうに砕けた話し方していいのかな……」

「何を言ってるのよコニー！　騎士の仕事に出自は重要じゃないし、むしろ後輩の私が先輩のコニーを敬う方が妥当だと思うけど？」

さも当たり前のように言うルピナスに、「敬うなんてやめてよ～」と焦ったように言うコニー。短髪で眉尻を下げるコニーの姿は、まさに人畜無害というように相応しい。

（コニー、なんて性格の良さそうないい子なの！）

二度目の騎士見習いだが、性格の良さそうな同僚に、ルピナスは溌剌《はつらつ》とした笑顔を見せる。

それから歩きながら、現在、第一騎士団には騎士見習いがコニーとルピナスの二人しか居ないことや、大量にある家事雑用などは新人騎士も担当してくれているなどの話を聞いていると、いつの間にか団員たちが集まる食堂に到着したのだった。

「じゃあ、僕は後ろの方に居るから、まずは団長に挨拶してね」

「ええ、コニーありがとう！　これからよろしくね」

「こちらこそだよルピナス」

どうやら、騎士見習いの間は食堂の後方に座るという暗黙のルールは、十八年前から変わっていないらしい。

（さて、行きますか）

小走りで食堂内に行くコニーの背を見送ってから、ルピナスは既に開放されている入り口から食堂に入る。

すると入り口付近にはキースの姿があり、ルピナスは急いで彼の元へ向かうと「お疲れ様です」と声をかけた。

「ああ、来たか。団員たちが集まってるから、今から君のことを紹介しようと思うんだが、いいか？」

「はい、もちろんです。あ、あとお借りした隊服なのですが、明日洗濯してからお返しすればいいですか？」

「別にそのまま返してくれても構わないが……好きにしてくれ」

「分かりました！」

ルピナスのハキハキとした返事を聞いたキースは、団員たちに立ち上がって注目するよう指示を出す。

ルピナスに自身の隣に来るよう指示をして、紹介を始めた。

「彼女はルピナス・レギンレイヴ。知ってのとおり、今日俺たちの仲間を救ってくれた恩人だ。騎士見習いとして第一騎士団に入ることになったから、皆色々と教えてやってくれ」

「ご紹介に与りました。ルピナス・レギンレイヴと申します。皆様、ご指導ご鞭撻《べんたつ》のほど、よろしくお願いいたします」

フィオリナだったときも団員たちの前で挨拶をしたと記憶しているが、その動きは全く違う。平民として生きた前世では絶対にしなかったであろう優雅なカーテシーを見せたルピナスは、あまりにも自然なそれに自分自身でも驚きを隠せなかった。

（ルピナスとして学んだ淑女教育が、無意識に出てしまった……！）

全く悪いことではないし、どころか貴族としては当たり前のことなのだが。フィオリナとしての意識が強いためか、違和感は拭いきれない。

しかし団員たちからパチパチと拍手が起こった瞬間、ルピナスはほっと胸を撫で下ろした。

（良かった……！　とりあえず歓迎されてる……気がする！）

魔物を退治し、怪我をした団員に応急処置を施したおかげもあってか、ルピナスに対する団員たちの目は優しい。どころか、感謝や尊敬の眼差しまで向けている者もいる。

一同は挨拶が終わったルピナスをとりあえず騎士見習いが座る後方の席に座るよう促すと、自分の名前を述べながら「本当にありがとう」「どこで剣術を?」「今度手合わせしようよ」など、代わる代わる話しかけてきた。

(良かった。傷物令嬢のルピナスだと、貴族の多い騎士たちから何かしら嫌な目を向けられるかと思っていたけど、本当に歓迎してくれているみたい。そもそも傷物令嬢って単語が出ないし、知らないのかも?)

ルピナスの名前だけではピンときていないのか、それとも傷物令嬢という言葉は、ルピナスが思っているよりも広まっていないのか、もしくは皆、わざわざ口にすることではないだろうと気を遣ってくれているのか。

そしてその真相は、その場にいた殆どの団員たちと言葉を交わした直後に分かることになる。

「なあ、ルピナスってあの『傷物令嬢』……」

「おい……!」

「――あっ」

さらっと傷物令嬢を話題に出した団員のさぁーっと青ざめていく顔に、気まずそうに止めにかかる団員。微妙な顔つきをして沈黙する周りの団員たち。

(あ、知ってて黙っててくれてたのね)

思いの外早く分かったその理由に、家族や元婚約者と違って彼らが傷物ということを理由に自分を虐げるような人間ではないことをルピナスは悟ると、青い顔をした団員にニコリと微笑んだ。

「はい。私は生まれたときから身体に傷があって、傷物令嬢だなんて呼ばれています」

あっけらかんと言うと、「ごっ、ごめんなルピナス……」と謝罪される。どうやら、表情に出さず怒るタイプだと思われたらしい。

少し離れた位置に居たキースが急に立ち上がったのを目の端に捉えたが、ルピナスは慌てた様子で「謝らないでください」と口にした。

「事実ですし、謝るようなことじゃないですよ」

「いや、そうかもしれないけどさ……」

「それに私、今はこの傷が嫌いじゃないんです。これも私の一部で、これが私だから。……だから本当に気にしないでください！　腫れ物扱いなんてせずに、気軽に話してくださると嬉しいです」

傷は騎士の誇りなのだ。ようやくキースを守れたという、フィオリナの勲章なのだ。何一つ恥じることはない。

だからルピナスは、傷物令嬢と呼ばれることも、記憶が戻った今では全く意に介してなかった。

（ま、とはいえ、家族と元婚約者のことは許してないけどね！　今後関わらないだろうから、別にどうだっていいけど）

傷物令嬢だと揶揄され、社交界に一切顔を出さなかったことから、傷があることを相当気にしているのかもしれないと思っていた団員たちは、あまりにさっぱりとしているルピナスに呆気に取られた。

しかしルピナスが今と表現したことで、まさか前世の記憶があるだなんて思いもしない面々は、過去に色々とあったが乗り越えたのだろうと解釈し、そして三者三様の反応を見せた。

「ルピナスは格好いいな〜」と尊敬する者。「お前は漢《おとこ》だ……！　漢だぜ……！」と涙を流す者。

「ここにはお前の味方しかいないからな」と肩をぽんと叩いてくる者。

そんな団員たちを見ていると、何にせよ、ルピナスとして生まれ変わった人生も悪いことばかりではないな、と思えてくる。

「先輩方、これからよろしくお願いいたします！　もちろんコニーもね！」

「おお！」

「うん！　もちろんだよ！」

食堂の後方で一時流れた不穏な雰囲気は一転し、和気あいあいとした空気が流れる中、おもむろにキースは腰を下ろした。

そんなキースとルピナスたちのやり取りを見ていたマーチスは、キースの耳元に顔を近付けると、妖艶な声色で囁いた。

「あらあら、まあまあ。出番がなかったわねぇ」

「……！　煩い」

「ふふ。それにしても想像していたよりさっぱりとしたいい子だこと。あたしも挨拶してこなくっちゃ」

キースは「余計なことを言うなよ」とマーチスに釘を刺したが、その釘が上手く刺さっていなかったことを知るのは、直後のことだった。

「あたしは副団長のマーチス・スライヤーよ。皆からは『マーちゃん』って呼ばれてるわぁ！　ルピナスちゃ……いえ、ルピちゃんもそう呼んでねぇ！」

「……は、はい‼　よろしくお願いいたします！　こちらから挨拶に伺わなくて申し訳ありません……！」

団員たちに割り込んで挨拶をしてくれたマーチスに、ルピナスは正直一瞬だけ驚いた。今まで出会ったことのないタイプだったからである。

だが、周りから『マーちゃん』と呼ばれ慕われている姿や、親しみやすい接し方に、驚いたのは一瞬で、すぐに打ち解けることができた。初めてマーちゃんと呼ぶときは、さすがに緊張したけれども。

「ルピちゃんはどうして騎士になりたいのぉ？」

「えっと……昔からの夢でして」

「騎士見習いは重労働だけど大丈夫そぉ？」

「は、はい！　ご迷惑をできるだけおかけしないように頑張らせていただきます！」

「いやーん真面目ねぇ」とマーチスから頭をよしよしと撫でられ、兄……いや、姉？　……いや、やっぱり兄？　がいたらこんな感覚なのだろうかとルピナスは考えを巡らせる。

するとマーチスは、大人しく撫でられているルピナスからキースにそろりと視線を移すと、ゆっくりと口を開いた。

「ねぇルピちゃん、キースなんだけどね……昔から一人の女性をずーっと愛してるのよ。だから他の女性には一切興味がなくて冷たくってねぇ、『氷の騎士様』なんて呼ばれてるのよ？　ま、見た目とか性格が冷たいっていうのも大いにあるんだけどね！」

「『氷の騎士様』……ですか！」

「おい、マーチスお前耳がないのか」

聞いてよ奥さん、と言わんばかりに楽しそうに話すマーチスに、話した内容が薄らと聞こえてきたキースは立ち上がって、ツカツカとマーチスの横まで来ると、その頭をガジリと掴んだ。

そのまま爪が食い込むほどに力を入れるので、マーチスは「いたたたたぁ‼」と半分泣きながら絶叫する。

「けどねぇ！　そんなキースがルピちゃんのことは気にかけてるのよねぇ！　ってなわけで、色々と期待してるわルピちゃぁぁぁぁぁぁあったぁあいっ……！」

(色々期待？　騎士として期待されてるのよね？)

マーチスの頭にあったキースの手は、今度は首根っこを掴み、ズズズ……と食堂の端へと連行して行く。

団員たちのマーチスを憐れむ様子から察するに、よくある光景なのだろう。

しかし、マーチスは首が絞まりそうになりながらも、男性にしてはやや高い声を止めることはない。

「それとね！　ルピちゃん髪の毛が傷んでるわよ！　あとお肌も！　勿体ないから後であたしの

おすすめの美容商品を持って行くからきちんと手入れなさい！　それと今度一緒にお買い物も行きましょうねって、ぐぇぇぇぇぇ」

「マ、マーちゃん……」

パッとキースが手を離すと、酸欠なのか顔を土色にしたマーチスがゼェゼェと酸素を取り込んでいる。

そんなマーチスの背中を擦る団員が「マーちゃんが余計なこと言うからですよ」なんて残念なものを見る目で囁いている姿に、ルピナスは堪えきれずに笑ってしまって、パッと口元を手で覆い隠した。

「……ったく。マーチスが言うことは話半分に聞いておいてくれ。騒がしくて悪いな、ルピナス」

「……！　キース様」

マーチスを食堂の隅に置いて戻ってきたキースは、眉間に皺を寄せながらルピナスの隣に腰を下ろした。

ルピナスは相手が現在の上司であり、前世の護衛対象だったことで無意識に姿勢を正す。

「楽にしてくれ。話しかけられてばかりで食事がとれてないんじゃないか」

「そういえば……そう、ですね」

マーチスを含めた団員たちと夢中で話していたせいか、キースに言われるまで空腹を忘れていたルピナスだったが、意識すると涎《よだれ》が出てくる。

キースが「俺に構わず食べていい」と言ってくれるので、ルピナスは美しい所作で食事を始め、キースはその様子をじっと見つめた。

「先程の挨拶でも思ったが、君は所作が美しいな」

「そうでしょうか？　おそらく貴族令嬢ならば、こんなものかと」

まあ、確かにレーナよりは格段に所作が洗練されている自覚がある。

これも全て、ルピナスが仕事の合間を縫ってレーナの家庭教師の先生に指導を受けた成果だろう。

（それに、今思えばルピナスとして生まれ変わった私ってよくよく考えれば頑張ったのかも。自主的に淑女教育も受けたし、よく先生に褒められたし）

ぱく、と牛肉を口に放り込み、記憶が戻る前のルピナスに称賛を送った。

「それに……傷のこと、強いな、君は」

「え？　申し訳ありません、何か言いました？」

「……いや、何も」

食べることに必死で聞き逃してしまった。しかし何もというキースに、深く尋ねることもないかとルピナスは追求しなかった。

（それにしても、さっきのマーちゃんの言葉、本当かな）

ちらりと隣を見れば、キースも同じように食事をとっている。伏せ気味だからか長い睫毛が頬に影を作り、そこから覗くグレーの瞳は美しく、冷たいと言われるのも理解できる。

確かに見た目の話をすれば、氷と称されるのも納得だ。昔と比べて性格も落ち着き、再会してからは今のところ一度も笑ったところを見たことがないので、クールな印象も頷けるが。

（キース様がずっと昔から好きな人がいるって誰だろう？　見当もつかないや。それに、その人以外の女性には基本的に冷たいって意味だよね？　……私はあまりそう感じないけど、むしろ優しいいし）

とは思いつつも、記憶が戻ってから、キースが他の女性と話しているところを見たことがないルピナスには、正確な判断はできない。

ふむ、と考えていると、確か昔、キースはフィオリナに対して結婚についての話をしていたのを思い出した。フィオリナと、同時期に結婚がしたいとも。

（じゃあ、あのときからその好きな子がいたのかな？　周りに同世代のご令嬢、いたかな……。あ、そういえばフィオくんの名前って愛する人からつけたって言ってたっけ。けどマーちゃんの言い方からすると、キース様の片思いなのね）

——長い間片思いだなんて、キース様は一途だなぁ。

ルピナスはそんなことを思いつつ、食事をする手を止めて過去を再び振り返る。

当時は結婚というものに恋い焦がれていただけで、相手はフィオリナが死んでから出会ったのかもしれない。それなら知らなくても当然だよね、と納得した。

（うん、きっとそうよね。ほんの少しだけフィオリナの可能性も考えたけど、ま、あり得ないわね。『大切な人』って言ってくれたけど、そういう意味じゃないだろうし）

当時十二歳の差があり、キースがフィオリナに恋をするとは考えづらい。百歩譲ってフィオリナに恋愛感情を抱いたことがあっても、年上の女性に惹かれるという、若い頃によくある一時的なものに過ぎないだろう。

フィオリナが亡くなって十八年経つのだ。さすがにキースが言うその人はフィオリナではないだろうと、ルピナスは小さく頷く。

「大丈夫です。キース様、私はきちんと分かっておりますから」

「……？　何がだ」

「……⁉︎　私っ、口に出して⁉︎　いえいえ、何でもありません……！　気にしないでくださ い！」

おかしな奴だ、と言わんばかりにじっと見つめてくるキースに、ルピナスは引きつった笑みを零す。

変な汗が出てきたので、顔を手で扇ぐと、キースは食事を終えたのか、身体をルピナスの方に向けた。

「ルピナス、改めてよろしく頼む」

「……！　こちらこそ、よろしくお願いいたします、キース様……！」

（そういえば私のことを気にかけてくれてるってどういうことだろう？　マーちゃんの話は話半分で聞くよう言われたし、ま、いっか）

ルピナスは自問自答をして、食事を再開した。

明日から本格的に始まる、二度目の騎士見習い生活を頑張らなくては、と気合を入れた。――というのに。

第四章　譲れないものがある

騎士見習いとしての生活を始めて、早くも五日が経った。

ルピナスが助けて王立病院に入院していた団員は既に退院したようだった。

ルピナスの一日といえば、早朝に起き、まずは正騎士たちの訓練に参加する。それが終われば急いで朝食を作り、食べ、洗い物を済ませ、騎士団棟内の清掃をする。

そうするとあっという間に正午になるので、また急いで昼食準備等をし、午後からは騎士たちの雑務を手伝うのが殆どだ。

ときには王都の巡回について行ったり、手合わせをしてもらえることもあるが、あまりにやりすぎるとバテて夕飯作りに支障をきたすため、ペース配分が大切である。

かくいうルピナスも、五日目でようやくペース配分を掴めたところだった。

「コニー、今日の掃除の場所ってどこだっけ？」

「訓練場のロッカールームは昨日したから……今日はながーい廊下だよ」

「わあ、今日は地獄の日なのね」

ルピナスの身体は、貴族令嬢にしては体力がある方だ。実家で虐げられ、使用人の仕事をしていたからである。

しかし騎士見習いとしてはまだまだであり、昨日までは朝起きたら身体がバッキバキに凝っていてあまり使い物にならなかった。

　とはいえ、騎士見習いを始めたばかりの者としては、むしろ動けている方だと団員たちは口々に言ってくれるのだが。

　そして今日は、第一騎士団棟内の全廊下清掃の日だった。新人騎士は午前中に任務が入っているため、騎士見習いのルピナスとコニーの二人で全てを清掃しなければならない。

「ま、嘆いても終わらないし、さっさとやっちゃおう！　それで余った時間、手合わせしようよ！」

「う、うん！　けどルピナスと手合わせしても、それはそれで体力が……いや、何でもない……！」

（……？　コニーどうしたんだろう？）

　いくら体力や筋力が落ちているとはいえ、前世が騎士だったルピナスとの手合わせは、真剣勝負さながらで、それはそれは疲れる。

　そんなことを露ほども知らないルピナスは、一瞬にしてげっそりとした顔になるコニーを心配そうに覗き込んだ。

　するとコニーは、「うわぁっ」と声を上げて尻餅をつく。

「ど、どうしたのコニー‼」

「顔が近いよ‼　ルピナスは美人なんだから、もう少し距離感に気を付けてね！」

「えっ、……ご、ごめんなさい……？」

騎士団に来てから、ルピナスの容姿について、良い意味で指摘されたのはこれが初めてではなかった。

(私って美人だったの？)

見習い騎士になってからは激務なのだが、実家にいた頃のようなストレスがないことと、疲れているためか朝まで爆睡するので目の下の隈は消えた。さらに毎日お風呂に入れることで体は清潔で、髪の毛も美しくなった。

特にマーチスからもらった美容商品は効果覿面《てきめん》で、化粧をしているわけではないのに、ルピナスが見違えるほどに美しくなったことは第一騎士団で話題になっている。

(ここに来る前は、女性として最低限のお手入れさえできなかったから、その頃に比べたら綺麗になったのかもしれないけど、美人だって言われることには未だに慣れないわね……)

妹のレーナのような派手さはないが、ルピナスは透き通るような、そしてどこか儚さも兼ね備えた美人だ。

本人は無自覚だが、この姿で家族に会っても、一瞬ならばルピナスだと気付かれないだろう。それくらい綺麗になったルピナスの存在にコニーが困っていることなど気付きもせずに掃除をしていると、ようやく長い廊下の半分を拭き終わったところだった。

「それにしても、昨日のルピナスの料理、皆に好評だったね！」

「コニーや他の皆が手伝ってくれたおかげだよ」

「味付けは全部ルピナスだったでしょう？　本当に美味しかった！　正直これからの味付けは全

部ルピナスに任せたいよ」

「そんなに？　ありがとう！」

前世は平民だったので料理をしていたこと、見習い騎士になってからも料理をしていたこと、そしてキースを護衛しているとき、公爵邸の美味しい食事にありつけたことで、ルピナスの料理の腕は中々のものだ。

コニーだけではなく、普段食事は何でもいいと豪語していたキースさえも「美味い」と言っておかわりしていた。

「掃除や洗濯も丁寧だし、雑務もテキパキこなすし、訓練だって開始してからまだ五日目だというのについていけてるなんてルピナスは凄いよ！　というか、皆言ってるけど、剣術だけなら、もう団長と副団長の次くらいに凄いんじゃない？　自慢の同期だよ〜」

「コニー……貴方って人は……いい子過ぎない？」

（まあ、キース様とマーちゃんの実力はまだしっかりと見たことがないけれど、コニー以外の人にも三番目に強いと思うって言われたし、多少自惚れてもいいのかな）

ルピナスは内心そう思いながら、ルピナスとしての人生も、フィオリナとしての人生も、全て役に立っていることが何より嬉しかった。

そんなふうにコニーと話しながらも手を動かし続けて二時間ほど経った頃だろうか。

ようやく最後の掃除場所――他の騎士団の棟に繋がる渡り廊下に差し掛かったルピナスは、キースからの忠告と過去の経験を思い出す。

（近衛騎士との共有部分だから、あまりここには近付きたくはないけど、これも仕事だしね）

前世では、騎士見習いの頃も騎士に昇格してからも、近衛騎士には変に絡まれたことがあった。平民だとか女だとか、本人の努力では変えようがないことをしつこくグチグチと言われたものだ。

フィオリナとしては勝手にしてくれという気持ちが強かったことと、当時フィオリナの実力は近衛騎士団にも轟いていたので、あちらが度を超して嫌がらせをしてくることがなかったのだが。毎回大事になることはなかったけれど、面倒だったのは確かだ。

（今、近衛騎士たちに会ったらコニーも標的にされるかもしれないし、キース様にも忠告されたし、人が居ない今のうちに早いこと掃除しちゃいましょう！　……って、ん？）

しかし、そんなルピナスの意気込みは早々に空振りに終わることになる。

渡り廊下を渡った少し奥――近衛騎士団棟から、高圧的な男の声と怯えたような女の声が聞こえたからだった。

「ねぇコニー、あれって……」

「近衛騎士と、メイドの女の子だね……何か揉めてるのかな？」

第一騎士団は家事雑用は見習い騎士と新人騎士で請け負っているが、近衛騎士団は家事雑用をこなすメイドが配置されている。

というよりは、実のところ、メイドを雇っていないのは第一騎士団だけだった。

ルピナスが前世で騎士だった頃よりもさらに昔、当時の第一騎士団長が極度の女嫌いでメイドはいらないと国王に進言し、何故か今の今までメイドを雇わないという習慣が根付いてしまっているのである。

　現在近衛騎士に絡まれているのも、メイドで間違いないだろうと、ルピナスはじぃっと様子を観察した。

「声は控えめだけど、ものすっごく嫌がってない？　あの子。多分相手が近衛騎士だから強く言えないいんじゃあ」

「あっ、男の方が何か言ってるよルピナス！」

　ルピナスとコニーは、揃って前のめりになって聞き耳を立てた。

「お前のせいで服が濡れたが、俺の愛人になれば許してやると言ってるんだ！　確か、以前の水害によりお前の実家は困窮していたな？　俺の愛人にならないなら、圧力をかけてお前の実家を潰すぞ‼」

「……あの男、なんてクズなの」

「さ、さすがに可哀想だから誰か呼んでくるよ！　ルピナスはここに居てね⁉　絶対関わっちゃだめだからね⁉」

「けれどコニー。今殆どの騎士は任務で出払って――」

「それでも！　一人くらいいるよ！　だからルピナスは無茶しないこと！　分かった⁉」

　ルピナスは普段、楽しそうに剣を握る。まるで初めて剣を習い始めた子供のように。

　いくら疲れていても、騎士としての鍛錬に手を抜かないことを、コニーは知っている。

それは戦闘狂だからではなく、自己鍛錬や剣を扱うことが好きだからだろうと、コニーは解釈しているし、実際それは正しかった。けれど。

「ルピナスのあんなに怒った目、初めて見た……急がなきゃ！」

何か大事になるかもしれない。コニーは直感的にそう感じ、誰か頼りになる騎士は居ないかと全力で走った。


ルピナスは何か問題を起こすつもりは毛頭なかった。

フィオリナからルピナスに生まれ変わり、二回目の人生を歩んでいる分、精神上はそれなりに成熟している自負があったから。

だから、ルピナスは無理をするつもりはなかった。

もしもメイドが近衛騎士に今以上の蛮行——例えば武力を行使されたり、密室に連れ込まれたりしそうになった場合は、上手く立ち回って時間を稼ぐつもりだった、というのに。

「お前のような顔がいいだけの女は、俺のような高貴な男の玩具になるくらいしか能はないんだ！」

「申し訳ありません……！　申し訳ありません……！　それだけはお許しください……！」

一方的に上の立場から物を言い、自身の言葉が相手をどれだけ苦しめ、傷付けているのか考えもしない男。

立場上強くは出られず、何度も頭を下げて謝罪を口にする女。

状況も性別も違うが、その姿はまるで、幼い頃のキースとダブった。

ルピナスは拳を痛いほどに握りしめる。

（あのときは色々な柵《しがら》みのせいで、あの事件が起きるまで直接お助けすることはできなかったけれど……今は違う）

誰かを助けたい。安全を守りたい。守ることで、人を幸せにしたい。ルピナスが前世で騎士になりたいと思った根本は、そこにある。

けれどキースの護衛になってからは、それは叶わなかった。

できることはしたつもりだけど、キースにとってフィオリナの存在は救いになっていたかもしれないけれど、それでも、何度も目の前で涙するキースを目にした。

何度も慰めるように声をかけた。直接助けてあげられなくてごめんなさいと謝罪して、その度に抱きついてくる小さな体を「大丈夫だよ」と言いながら、力いっぱい抱き締め返したのは忘れたくても忘れられない。

（もう、あんな思いはしたくない。誰にもあんな思いは、させたくない）

コニーはああ言っていたが、騎士たちが騎士団棟に残っている保証はない。非番の団員たちはまだ眠っているか、出かけているだろうから、すぐに駆け付けてくれる可能性は低い。

（キース様申し訳ありません。第一騎士団にご迷惑をかけるかもしれませんが、お許しください）

ルピナスは前世で培った動き——できるだけ気配と足音を消して渡り廊下を歩くと、近衛騎士とメイドに近付いて行く。

そして背を向けている近衛騎士に「あの」と声をかけると、相手が振り返ったその瞬間、長い廊下の清掃に使った雑巾をその顔面にベチン！　と叩き付けた。

「いた‼　くさぁぁあ！！！」

「すみません、手が滑ってしまいました」

「はあああ⁉　どう考えてもわざとじゃないか‼　お前は何者だ、って……その隊服！」

近衛騎士はルピナスの隊服を指差す。コニーとルピナスが身に着けている灰色の隊服は、まだ騎士見習いであることの証明だった。

そして男は、激昂した顔つきのまま、大声で怒鳴り声を上げた。

「おいお前、最近入った騎士見習いの女だな⁉　調子に乗るなよ……‼」

「乗ってません。あまりにも見ていられなかったのでお声がけをしたら、偶然雑巾が貴方の顔に当たっただけです」

「ああ⁉　白々しい嘘をつくな‼」

激昂する男を前に、ルピナスは一切怯まない。

前世では騎士としていくつもの修羅場を潜り抜けてきているし、目の前の男はまるでキャンキャン鳴く子犬のようだとさえ思う。

ルピナスは男から視線を逸らすと、カタカタと震えている女の方を向いた。

「大丈夫ですか？　怖かったですね」

「…………っ」

メイドの女性は恐怖と驚きのために言葉が出ないようだ。そんな彼女を気遣うようにルピナスは言葉を続ける。

「この場はどうにかしますから、上司にこのことを報告してください。根本的な解決は難しいかもしれませんが、配置替えくらいは検討してくれると思いますから」

「俺を無視するな騎士見習い風情がぁ‼」

話に割って入ってくる騎士を、ルピナスはジロッと睨み付ける。男はビクリと分かりやすく怯んだ。

「行ってください。私は大丈夫ですので」

「はい……っ、ありがとうございます……！」

そうして女が走り去って行くと、騎士はルピナスを威嚇するようにキーッと歯を見せながら、胸ぐらを掴んできた。

今の筋力ではそれを払い除けることはできないが、男のがら空きの腹部に拳を入れることは容易そうだ。しかしさすがにそれは偶然だなんて嘘はまかり通らないだろう。

（うーん、どうしよう。見習い騎士を含めた騎士同士、私怨で手を出したら罰則があるんだよね。この男は悪くても減給で済むけど、私は騎士見習いを辞めさせられるかも。それに私が手を出さなかったとしても、この状況だとその証明はできないし。けど、あんなに怯えた女の子をあのまこの場に放置することはできなかったしなぁ）

騎士見習いを辞すのも嫌だが、助けたことに後悔はない。

どうしようかと考えているルピナスに、男は形勢逆転だと言うように高らかな声で言い放つ。

「なあ、お前確か『傷物令嬢』って呼ばれてる女だろ？　それなら今更傷が一つや二つ増えようが問題ないわけだ。……騎士見習いのくせに近衛騎士の俺様に対して調子に乗った態度をしたんだ、覚悟はできてるんだろうなぁ？」

これは間違いなく今から殴られるやつだ。

ルピナスはそう確信して、それならいっそのこと先に一発鳩尾《みぞおち》に……と思っていると、男は突然ルピナスの顔をジロジロと見て口角を上げた。

「よく見たらお前、まあまあ綺麗な顔してるな。そうだ、俺は慈悲深いからな。傷物のお前を愛人にしてやろう！　それで今回のこともチャラにしてやる。……良かったなぁ？」

「……は？」

（何言ってるの、この男。職場に愛人探しに来てるわけ？）

呆れた……とルピナスはため息をつかざるを得ない。

前世でも近衛騎士団の愚行は見たことがあったが、ここまで酷いのは初めてかもしれない。

騎士とはもっと尊く、誇り高き仕事だというのに。

ルピナスの額に青筋がピキッと浮かぶ。

しかし、その瞬間だった。第一騎士団棟側から、怒りを孕んだ低い声が聞こえたのは。

「——うちの騎士見習いに、何をしている」

ルピナスは声のする方を振り返った。

「……！　キース様」

　まさか騎士を呼んでくるとしても、キースが来るとは夢にも思っていなかったルピナスは、驚きで口をあんぐりと開いた。

　どうやら近衛騎士も、自分より立場も爵位もはるか上のキースが現れるとは思ってもみなかったようで、焦ったようにルピナスの胸ぐらから手を離すと、ピシッと姿勢を正す。

「大丈夫だった⁉　無茶しないでって言ったのに‼」と心配そうに駆け寄ってくるコニーに、ルピナスは「ごめんね……」と呟く。

「ルピナス、コニーから緊急事態だと聞いた」

「ま、まあ、そうですね」

「君がこの男に胸ぐらを摑まれていたのはこの目で見たが——何があった」

　コツコツと靴音を立てながら歩いて近付いてきたと思ったら、見られた相手が氷漬けになってしまいそうなほど冷たい目線を近衛騎士に送るキースに、ルピナスは少したじろぐ。

　普段からクールな表情のキースではあるが、その比ではないくらいに、冷たい。

「実はこの人がメイドに——」

「何もしていない俺に急に殴りかかってきたので俺もついムキになってやり返そうと胸ぐらを摑みました‼」

　一切息継ぎを入れずに一息で嘘を言い切る近衛騎士の姿は、逆に凄い。

　後でメイドの証言とコニーの証言も合わせれば『何もしていない』で通るはずはないのだが、

どうやらこの場をやり過ごそうとしているらしい。

「……本当か、ルピナス」

「いえ、違います」

「何ぃ⁉　この女白々しいですよ、騎士団長殿！　さっさと辞めさせては⁉」

この場で洗いざらい話しても近衛騎士が邪魔をしてきて話にならないだろうから否定をするにとどめておいたのだが、近衛騎士は今が勝どきだと思ったらしい。

次から次へとペラペラと根も葉もないルピナスの悪行を語る姿に、キースはため息をついて、そして。

「――黙れ。ここに来るまでの間お前がメイドに対してしつこく付き纏っていたことは既に聞いている。その時点でルピナスが止めに入ったことも容易に想像できる。短い付き合いだが、彼女は何もしていない相手に暴力を振るうような人ではない」

「なっ！　しかし俺は雑巾を――」

「黙れと言ったのが、聞こえなかったか」

「ヒィッ……！」

（キース様、私を庇ってくださって……なんてお優しい……）

まさに蛇に睨まれた蛙だ。キースのどすの利いた低い声に、歯をカチカチと鳴らす近衛騎士の姿を、ルピナスは視界の端に収めると、キースはそんなルピナスへ視線を移した。

（……ん？　何だろう）

パチパチ、とルピナスが瞬きをすると、キースが一瞬だけ、僅かに口角を上げたように見えた。

「そこまで言うなら騎士らしく一対一の勝負で決めよう。勝った方の言い分が全て正しかったとして、今回の騒動は処理する。木剣で勝負して膝を突かせた方の勝ちだ。近衛騎士と騎士見習いになったばかりの貴族令嬢では……勝負にならないかもしれないがな」

キースの言葉に、近衛騎士は「そ、それなら構いませんが……！」と言いつつ、先程までの表情とは一転して得意げに頬が緩んでいる。負けるだなんて一ミリさえ考えていない様子だ。

「ルピナス、君もいいか？　──勝負にならないかもしれないが」

ふ、と小さくキースが笑う。その笑みの意味を、ルピナスは簡単に理解できた。

「……はい。分かりました。謹んでお受けいたします」

それからルピナスは、すぐに空いている訓練場で近衛騎士と剣を交えることになった。贅沢なことに、判定人はキースが行ってくれるらしい。

「両者、準備はいいか」

何やら始まるという気配を察知したのか、いつの間にか訓練場を囲むように人が集まっている。

待機中の近衛騎士団の団員たちに、任務から帰ってきたばかりの第一騎士団の団員たち、そして少し遠方には休憩中のメイドの姿。

コニーが状況を説明すると、それが伝播したようで、殆どの者は見世物を見るような目で見ている。

しかしそんな中、遠方に被害者であるメイドの姿を見つけたルピナスは、不安そうにこちらを見つめるその瞳に、力強く木剣を握りしめた。

「では、始め！」というキースの開始の合図の直後、「うおおおお！」と声を上げながら走ってくる男が振りかぶった剣を瞬時に避けると、ルピナスは容赦なく相手の手首めがけて木剣を振り下ろした。

――ガランッ。

膝を突いた近衛騎士の横に木剣が音を立てて落ちる。

「――勝者、ルピナス・レギンレイヴ」

水を打ったように静まりかえった練習場にキースの声が響く。

「なっ、馬鹿な……っ、嘘だぁ……！」

思いの外――というよりは、予想どおり、決着は早々についた。

膝を突いて項垂れる近衛騎士の無様な声と、戦いを見ていた人々の様々な声が飛び交う。

主に近衛騎士団の「嘘だろ……？」「恥晒しが……」という声と、第一騎士団の「ルピナス良くやったー！」「うちの期待の新人はさすがだぜ！」「ルピちゃん素敵だったわぁ」という声。因みに最後は言わずもがな、マーチスのものである。

キースは一旦静かにするようその場を制すると、ルピナスとの距離を詰めた。

「ではルピナス、先程何があったのか、この場で説明してくれ」

◇　◇　◇

「──それにしても、俺は前に近衛騎士団の奴らには関わらないようにと釘を刺したはずだが」

そう言ったキースは、自らが淹れた紅茶のカップをソーサーに置いた。

二度目の団長室で、ルピナスは申し訳無さそうにソファに腰を下ろし、俯く。

十数分前のこと。ルピナスが大勢の前で近衛騎士の悪行を公にすると、彼は近衛騎士団長に首根っこを掴まれて連れ去られて行った。

そのとき、嫌々という雰囲気はありながらも、「すみませんでした」と本人が謝ってくれたので、多少はスッキリしたものだ。

「申し訳ありません……返す言葉もありません」

野次馬がいなくなってから、話があるからとキースに呼び出されて現在。

礼儀として紅茶に口はつけたものの、忠告を聞かなかったことでキースに呆れられるのではないかと思うと、なんだか味がしない。

ルピナスがいつもより覇気のない声で謝罪すると、キースは少し目を見開いて、しまったと言いたげに気まずそうに眉を歪めた。

「言い方が悪かった。責めているわけじゃないんだ。それに、事を大事にしたのは俺だ。あの男が言い逃れができないよう、剣で白黒はっきりつけさせればと思ったが……まさかあんなに人が集まるとは思わなかった」

「ではこの呼び出しは一体……叱責するためではないのですか……？　それか雑巾について処罰とか？」

「どちらも違う。雑巾の件も不問だ。俺は――」

『勝負にならないかもしれないがな』という言葉の意味がルピナスの実力を信じた上でのことだということは、すぐに理解できたが、今の状況はさっぱり分からなかった。

（怒るためじゃない？　処罰でもないとすると……何があったかは、皆の前でさっき説明したし、うーん）

首を傾げるルピナスに、キースは額に手を当ててからおもむろに口を開いた。

「メイドを助けようとしたことは立派だが、どうしてそこまで？　君がわざわざリスクを背負う必要はないだろう。誰か来るのを待つこともできただろうし、後で俺に言ってくれれば対処はできる」

ルピナスはこのときようやく、キースの呼び出しの意図が理解できた。

（キース様の中で私は、家出をしてまで騎士になりたい女なんだもの。今日の件は、下手をすれば騎士見習いを取り消しになる可能性もあった。そりゃあ、何でそんな無茶をしてまで助けたのかって、そう思うのも当然ね）

ルピナスは疑問が解けて頭がクリアになると、今度はいつものようにはっきりとした口調で「それじゃあだめなんです」と話し出した。

「キース様の仰るとおり、私が出しゃばらなくても結果的にはメイドの子は事なきを得たかもしれません。けれど、取り返しのつかないことになる可能性もありました」

「不確定要素があったから、君は止めに入ったと？」

「もちろんそれもあります。けれど、一番の理由は」

『フィオリナ……僕が出来損ないだからいけないのかな……？』

今でも脳裏に焼き付いている、キースの泣き腫らした顔に、か細く、震える声。

今回の人生では、もう同じことは繰り返したくなかった。

「どうしても、放っておけなかったんです。一方的に傷付けられていたあの子を、一秒でも早く助けてあげたかった。もう大丈夫だよって、安心させてあげたかった。——見て見ぬふりなんて、できませんでした」

「…………ルピナス」

（ああ、なんか泣きそう……）

メイドの女性のことを通して思い出すのは、昔のキースのことばかりだ。

最期に見たのが泣き顔だったからだろうか。今どれだけ立派になっていても、辛い日々を過ごしていないと聞いても、ルピナスにはあの頃の繊細なキースの姿ばかりが頭に浮かぶ。

「……君は、愚かなほどに真っ直ぐで、優しいな」

キースはローテーブル越しに身を乗り出すようにして、泣きそうな顔をするルピナスの頬に優しく指先で触れた。

まるで壊れ物を扱うように、それは優しい、いや、優し過ぎるのだ。

「キース、様……？」

「さっき、どうして呼び出したのか聞いたな。俺はルピナスを責めてもいないし、怒ってもいない。処罰なんて考えていないし、理由が気になったのは本当だが……それはついでだ」

「……と、言いますと……？」

「コニーが慌ててやってきたとき、何があったのか、無事だろうかと心配した。だから呼び出したのは……ただ、ルピナスの顔を見て、話をして、無事だったんだと、安心したかっただけだ。……こんなの職権乱用だ……悪い」

——彼を『氷の騎士様』だなんて呼び始めたのは一体誰だろう。

ルピナスがそう思ってしまうくらいには、キースの瞳には相手を慈しむような温かみが、表情や指先からは心配が伝わってくる。

「そんなに、心配してくださったなんて嬉しいです」

ルピナスは、まるで花が咲くようにふわりと頬を綻ばせる。

するとキースの指先が、ほんの少しだけぴくりと反応を示した。ルピナスに対して思うところがあるのか、口が薄く開くが、何か言葉を発することはない。

（キース様、やっぱりお優しいところは変わってない。騎士見習いとして入ったばかりの私に対して、怒るのではなく心配をしてくれるなんて。これぞ上司の鑑《かがみ》ね……）

そこでルピナスは、キースが人に——特に女性に対して冷たいと言われていることについて考えてみる。

マーチスを含め、部下たちには愛想がいいとは言えないが、それほど冷たいという感じはないので、もしかしたら自身が仲間だと認識した人間には優しくなるのではないかと。

（だからきっと、団員を助けた私には、わりと初めから良くしてくれたのね。女という括《くく》りではなく、きっと部下とか、仲間って括りで見てくれているから）

前世とは立場が違うが、少しでもキースの懐に入れたのならば、それはとても嬉しいとルピナスは思う。

「上司の鑑であるキース様にご心配をおかけしないよう、これからはもっと精進しますね！」

だから、ルピナスは満面の笑みでこう言ってみせたのだ。

まるで後光に眩い光が差しているのでは、と思わせるくらいにキラキラとした笑顔で。

するとキースは薄らと目を細める。既に乗り出した身体をもう少し前傾して、ルピナスの顔があと二十センチというところまで近付いた。

「――そういう鈍感なところも彼女と一緒だな」

「え？」

（彼女って、キース様が一途に愛してるっていう、あの？）

自身のことを、恋愛には無頓着だが、決して鈍いとは思っていないルピナスは、まさかキースが言う女性が前世の自分――フィオリナだなんて夢にも思わず、適当に「ははは」と笑う。

つられるようにして、キースも少しだけ頬を緩めた。

「……悪い、忘れてくれ。……それにしても、良くやった。弱き者を守るのが騎士の務めだ。俺は君を――ルピナスのことを誇りに思う」

こんなに嬉しい言葉はない。そう、ルピナスが喜びを言葉にしようとしたときだった。

――バタン、と音を立てて団長室の扉が開く。

「ちょっとキース～！　話があるんだけどって、あら？　あらあら？」

マーチスは、目の前の光景に大方のことを察したらしい。

ニヤニヤと口を緩めると、小さく「きゃ～」と言って、それはもう厭らしい目つきでキースを見つめる。

けろりとした表情のルピナスとは正反対に、キースは急いでルピナスから距離を取って立ち上がった。

上官二人だけを立たせるわけにはいかないからと、ルピナスも慌てて起立する。

「お疲れ様です、マーちゃん」

「……マーチス、お前次からノックせずに入ってきたら減給にするぞ」

「やっだぁ～！　あたしったら、お邪魔だったかしらぁ？　あらあらまあぁ‼」

身体をくねくねとさせて、頬を染めるマーチス。

キースはムカつくと思いながらも、ルピナスがいる手前、口には出さず、ここに来た用件を問うた。

「むしろあたしの話よりさっきの状況に至るまでの話が聞きたいわねぇ」

「マーチス」

「やぁ！　怒らないでよぉ！　三週間後にある御前試合の参加者について変更が認められたから、わざわざ伝えにきたのに！」

前世でも聞き覚えのある単語に、ルピナスは「えっ」と大きく目を瞠った。

「御前試合って、年に一度行われ、陛下を始めとした王家の方々や上級貴族の前で武術の腕を競う、あの御前試合ですか？　優勝者はアスティライト王国の名誉騎士の称号を授かることができるっていう、あの？　確か毎回副賞もありましたよね」

「…………えらく詳しいな」

「……ハッ！　御前試合に出ることは騎士の憧れですので！」

嘘は言っていない。前世で何度か出場したことがあるから詳しいというだけで。

(毎回、御前試合参加者にまでは選ばれるけど、当時の団長と副団長に優勝は阻まれたんだよね)

騎士の仕事は怪我がつきもので、わりと人の入れ替わりが激しい職場だ。

第一騎士団に、キース以外に前世の知り合いが一人もいないルピナスは、気楽さもあったが、過去の戦友を思い出して少しだけ寂しさが募る。

「ルピちゃん！　因みにねぇ？　ここ五年の優勝者はキースなのよぉ！　準優勝はあ、た、し！」

「え!?　お二人が……!?」

寂しさなんて吹っ飛ぶ衝撃である。近衛騎士を差し置いて、二人がツートップとは、どうやらルピナスの直属の上司たちは、化け物並みに強いらしい。

(二人の次に強いって皆に言われたけど、多分そこには大きな壁があるんだろうなぁ。まだ前世の自分の実力も出し切れていないし。それにしても、お二人はそんなに強いんだ……）

一度だけならいざ知らず、五年連続ともなればその実力は折り紙付きだ。

ルピナスは我がことのように誇らしいのと同時に、もっと鍛錬に励んで、まずは来年の騎士昇格試験に受からなければと強く思う。

騎士見習いに御前試合の出場権はないはずなので、ルピナスは今年は応援に回るのかぁと思っていると、「ルピちゃんも聞いててね？」とマーチスが話を始めた。

「今年の御前試合は、キースは五年連続優勝だから殿堂入りってことで、出場権はないし、あたしは腕を少し怪我しちゃったから出ないいじゃない？」

「えっ、そうなんですか⁉」

毎年副賞としてキースは、第一騎士団の皆のために大量の酒を希望する。派手なことが大好きな国王は、毎回それではつまらないとして、キースを殿堂入りにして不参加と決めたらしい。

マーチスに関しては数日前、街のはずれに現れた魔物を討伐する際に怪我をしたらしいのだ。

ルピナスは眉尻を下げると、心配そうにマーチスの腕を見つめた。

「マーちゃん、腕は平気ですか？　一昨日から少し様子が変だとは思っていましたが、御前試合に出られないくらい酷いんですか？」

「いやーん、バレてたのぉ？　軽い怪我なんだけどぉ、一応全力を出すのはしばらく控えておこうかなぁと思ってね！　体の管理も騎士の務めでしょう？」

「それなら良かったです……！　何かお手伝いできることがあったら、いつでも仰ってくださいね」

　ほっと胸を撫で下ろし、マーチスに向かって笑いかけるルピナス。

「いい子～可愛い～!!」

　そう言いながらマーチスがルピナスに抱き着こうとすると、ルピナスの手首をグイッと後ろに引っ張ったのは、不機嫌そうな顔をしたキースだった。

「マーチス。安易に触れるな」

「やだぁ～キースにだけは言われたくないわぁ？」

「……盗賊団を一人で壊滅させるほどの力が持つお前がルピナスを抱き締めたら、ルピナスの骨が折れる。やめろ」

「……!?　マーちゃんってそんなに怪力なんですか!?」

　目を見開いて驚くルピナスの反応に、マーチスはキースの肩あたりをぽかぽかと叩き、体をくねくねとさせたのだった。

「ちょっとぉ！　あのときは少し本気を出しただけよぉ！　あたしは基本か弱いんだからぁ!!」

「………よく言う。で、変更って、あのことか」

(ちょ、待って？　一人で盗賊団を壊滅させるなんて、私の想像よりもマーちゃんってすごいのかもしれない……というか、そんなマーちゃんより強いキース様の実力って……)

　二人に追いつくためにはこれから何年かかるだろうか。これからも鍛錬を積まねば……なんてルピナスは考えていたのだけれど、さらっと話を進めようとするキースに、ルピナスはふと疑問を持った。

（えっ、このまま話し続けるの？）

キースに手首を掴まれたまま二人は話を続けようとするので、ルピナスは放していただいて大丈夫ですよ、と言うタイミングを完全に失ってしまう。

しかし直後、マーチスの弾けるような元気な声に、手首への意識は完全に消え失せるのだった。

「団長と副団長の両者の推薦があったら、騎士見習いでも御前試合に参加できるでしょう？　だからね、あたしの枠が空いたから、ルピちゃんが参加できるよう推薦したら、無事申請が通ったのよねぇ！　ってことで、ルピちゃん頑張ってね！」

「……はい？」


ルピナスは御前試合に出場できることとなった。

マーチスが不参加となったため代わりに誰を参加させようかと悩んでいたところ、騎士見習いのルピナスが相当の実力者だったので、キースとマーチスは迷わず決めたらしい。

御前試合は出場枠が決まっているので、選ばれなかった騎士から批判の声が上がるのではと思ったが、それは一切なく、「近衛騎士に一泡吹かせたルピナスの実力をもっと見せつけてこい！」と背中を押される始末だった。

もちろん、コニーも全力で応援してくれるらしい。

「まさか、こんなことになるなんて」

少しの驚きと、胸が高鳴るほどの高揚感。強者と手合わせできる貴重な機会をもらえることに喜びを感じながら、ルピナスは今、一人で厩舎に来ている。

御前試合の十日前ということで、一時的に騎士見習いの激務を減らしてもらい、体調を整えたり鍛錬に励んだりする時間を作ってもらっているのだ。

先程まで複数人と手合わせをしていたのだが、全員休憩するというので、ルピナスは休憩を兼ねて馬たちと触れ合いにきていた。

「ふふ、ラルフにジョニー、皆可愛いね～どこまで行けるかは分からないけれど、頑張るから応援しててね！」

御前試合は所属を越えたトーナメント制だ。馬上戦は危険が伴うとして、地上で一対一、木剣で行う。

国を守る騎士たちが実戦以外で怪我をしていては元も子もないからである。

年に一度だけ行われ、一般観客も入る御前試合はそれはそれは盛り上がるらしい。

アスティライト王国の中でも大きな催物の一つと言ってもいいだろう。

（ルピナスの身体は体力があまりないから、できるだけ短期決戦をしないと。長期戦になると不利だもんね）

馬と触れ合っていても、御前試合のことを考えるとどこか落ち着かない。

本来の仕事を他者に代わってもらっていることもあるし、とりあえず身体を鍛えなければ、とルピナスは馬たちに別れを言って騎士団棟の周りを走り始めた。

すると、近衛騎士団棟の近くに来たとき――。

人影が見えた。近衛騎士だった場合はまた面倒なことになるかもしれないからとルピナスがその場を立ち去ろうとすると、鈴が鳴るような声で「あの……！」と声をかけられたのだった。

「あっ、貴方は……この前の」

目の前には先日、近衛騎士に絡まれていたメイドの女性が立っていた。

「騎士様……！　あのときは助けていただいてありがとうございました……！　あ、そういえば名乗っていませんでしたね。近衛騎士団棟内のメイドをしております。ラステリオン伯爵家の三女、アイリーン・ラステリオンと申します」

アイリーンと名乗る少女は、優雅なカーテシーを見せる。近衛騎士が愛人になれと言うだけあって、大変見目麗しい。

真っ白できめ細かい肌に埋め込まれたような大きなエメラルドの瞳、唇はほんのりと桃色に薄く色付き、鼻は少し小さめで、顔なんて見たことがないくらいに小さい。

仕事の関係か髪の毛は纏めているものの、プラチナブロンドが美しく、メイド服が夜会服に見えるほどの華やかさだ。

（ここまでの美女は前世でも見たことないかも。って、ハッ！　私も名乗らないと！）

伯爵家の令嬢に挨拶をさせて、自分が棒立ちなんてあり得ない。

ルピナスは見習い用の騎士服を着ているためカーテシーとしては見栄えが悪いが、致し方ないだろうと膝を曲げて頭を下げる。

「騎士見習いのルピナス・レギンレイヴと申します。ご無事で何よりです」

「ルピナス様とおっしゃるんですね！　レギンレイヴといえば……確か子爵家の？」

「はい。そのとおりです。社交場には出ておりませんでしたので、お初にお目にかかります」

ルピナスがそう言うと、アイリーンは一瞬だけ何かを思い出したように目を見開いた。

（きっと、私が傷物令嬢って呼ばれている女だって分かったのね）

評判を気にする貴族だ。気まずそうに去って行くだろうか、それともまじまじと見てくるのだろうか、はたまた同情の瞳を向けられるのだろうか。

（どれでも仕方ないか。……けど、大丈夫よルピナス。私にはもう、味方はラーニャだけじゃないもの）

キースやマーチス、コニーなどの第一騎士団の人たちのことを思い返し、ルピナスはアイリーンから視線を逸らすことはない。

しかしそんなルピナスの杞憂はどこへやら。アイリーンはルピナスの両手を束ねるようにキュッと掴むと、ずいっと顔を寄せ、頭を下げる。

「この数日間、ずっとお礼が言いたかったのです！　けれどなかなか勇気が出せず、直接伺うことができずに申し訳ありません……！」

「いえ、大したことはしておりませんので、頭を上げてください……！」

ルピナスの言葉に、眉尻を下げながらゆっくりと顔を上げるアイリーン。

（なっ、なんて可愛らしい……私が男なら絶対に惚れてる）

それにしても、この態度はどういうことだろう。

傷物令嬢だということを一切気にしていないような態度に、知らないふりをしてくれているのだろうかとルピナスは少しだけ居心地が悪い。

気を遣っているのならば申し訳無いので、自身から「傷物令嬢という言葉はご存知で……？」と問いかけると、ルピナスの手を掴むアイリーンの手の力が一層強くなった。

「存じております。しかし今、何一つ関係ないですわ……！」

「そ、そのとおりです。関係ないですね……」

「むしろこんなに格好いいルピナス様の傷ならば、愛でたいくらいです！！！」

（……めで⁉）

見た目も相まって大人しそうな令嬢かと思いきや、圧が凄いのでルピナスはたじろいでしまう。

「ああ！　申し訳ありません……！　私、普段はわりと大人しいのですが、たまにスイッチが入ったように興奮してしまって……‼」

「そう、なんですね。驚きましたが、とても嬉しかったです。ありがとうございます」

（——関係ない、か。それはそうかもしれないけど、それを行動に出せるって、素敵な人）

貴族令嬢とこんなふうに話すのも初めてな上、こんなに肯定してもらえて嬉しくないはずはない。

（これ、もしかして、前世で叶わなかった夢が一つ叶うんじゃ？）

ルピナスは前世で、女性の友人がいなかった。騎士になるまでは友達を作る暇なんてなくて、騎士になってからは周りに話すような女性がいなかったからだ。

アイリーンだって、あのとき助けなければこんなふうに話す機会はなかっただろう。

だからルピナスは、思ったことを口に出してみることにした。

「あの、アイリーン様とお呼びしても？」

「もちろんです。ルピナス様！　あの、よろしければ――」

「もし、ご迷惑でなければで良いのですが――」

「「私とお友達になっていただけませんか？」」

「「えっ？」」

重なり合う声に、ルピナスはアイリーンと見つめ合うと、どちらからともなく「ぷっ」と噴き出した。

「あははっ、まさか被るとは思いませんでした……！」

「私もですわ……っ！　けれど、なんて嬉しい日なのでしょう……！」

ぴょんぴょんっと跳ねるようにして二人で笑い合うと、互いにこの後、時間は空いているかと確認をする。

ルピナスは体力作りのために走ってくると伝えてあるが、目標の距離に届いていない分は夜に走れば問題ない。

アイリーンも休憩中らしく時間はあるようなので、アイリーンが穴場だという、敷地内の小さなガゼボに向かいガーデンチェアに腰を下ろした。

「こんな場所があるのですね。知りませんでした」

「ふふ。私は頻繁に来るのですが、誰かを誘ったのは初めてですわ」

二つの騎士団棟は王宮の敷地内にあり、隣り合わせだ。

もちろん同じ敷地内には、国王が暮らしたり、執務に励んだりする宮殿や、王太子や王女に与えられた離宮、その他に住み込みで働く文官たちの居住棟が存在する。

そして現在、ルピナスたちがいるガゼボは、二つの騎士団棟のすぐ近くにある魔術師団棟に近い場所にあった。

（魔術師団、懐かしい。前世では近衛騎士に配属されるまではよく一緒に仕事をしたな……）

魔術師団は基本的に魔法の研究をしているために、騎士団ほど外に出る機会はない。

しかしときおり、街に結界を張ったり、魔物が活性化したときは郊外に赴き、騎士団とともに魔物を討伐したりすることがあるのだ。

「もしかしてアイリーン様は、魔術師団棟でもメイドとして勤めていらっしゃるのですか？」

「いえ！　ここに来るのは魔術師団棟を見るためなのですが、完全に私用ですわ！」

「……？　理由をお聞きしても？」

「実は私……魔術師の中に好きな方がいるのです」

「好きな人……ですか！」

（私が女の子とこんな話をする日がくるなんて……）

夢みたい……と思っていると、とある疑問が思い浮かんだので、ルピナスはそれを口にしてみることにした。

「では何故、魔術師団のメイドではなく近衛騎士団のメイドに？　あそこもメイドを雇っていますよね？」

「それが、ここ十八年ほどメイドが入れ替わっていないみたいで、募集していないのです。ですから、近い近衛騎士団棟に勤めているのですわ。距離が近いので偶然会うこともあるかと……」

王宮では、貴族女性の殆どはメイドとして働いている。

二十歳以下の者も多く、奉公という名目で結婚相手を探しにきている者も多いのだ。

そんな中で、魔術師団は騎士団と並ぶエリート集団である。

基本的には魔力を有する貴族の中からさらに選ばれた者だけが所属を許される。ただし貴族の中でも、魔力を有する者は少なく、そんな彼らに見初められたら、結婚を選ぶ者も多いはずだ。そうでなくとも家の事情でどこかの令息と結婚するために退職することだってあるだろう。

入れ替わりは激しいだろうとルピナスは踏んでいたのだが、どうやら違うらしい。

（それにしても十八年なんて、ちょうど私が死んだときね。凄い偶然。……そういえば当時、あのお方はとてもモテていた気がするけれど……未だに独身でメイドたちがずっと狙ってる……なんてことはない、よね？）

ルピナスは顎に手をやり、まさか、ね、と頭を振る。

「私の恋の話はまた今度にして、ルピナス様のことを知りたいですわ！」

疑問に思い、詳しく聞きたかったものの、アイリーンがそう言うので、ルピナスは自身のことを話したり、アイリーンの趣味や社交界での話など聞いたりして、初めてできた友達と交流を深めたのだった。

第五章　それは角砂糖を舐めたような

　それは唐突だった。

　アイリーンと友人になった日の夕食時、騒がしい食堂内で、マーチスが「ルピちゃんごめ～ん」と言いながら、勢い良く隣に座ってくる。

「お疲れ様です！　どうされました？」

「それがねぇ、あたし、うーっかり伝えるの忘れてたんだけど、ルピちゃん明日一日お休みね！騎士見習いになってからまだお休みなかったでしょう？」

「あ……そういえば」

　キースから伝えるよう言われていたのをすっかり忘れていたのだと言うマーチス。

　休みだからといって特にしたいこともなければ、行きたい場所もなく、というかお金がないし、御前試合も近いので剣の稽古をしようかと思っているから問題ないことをルピナスが伝えると、マーチスはフォークをカチャンと落とした。

　そのままカッと瞠目したマーチスに肩を摑まれたルピナスは、何ごとかと瞬きを繰り返す。

「それなら明日はあたしとお買い物に行きましょう⁉　ルピちゃんを着飾りたいと思ってたのよお‼　お金なら心配ないわ‼　あたしが出してあげるから！！！　ね⁉」

「い、いや、その――」

「むさ苦しい野郎じゃなくて、ルピちゃんみたいな可愛い女の子とお買い物に行くの夢だったのよぉ！　ね⁉　ね⁉　あたしの夢を叶えて⁉　ね⁉」

食い気味に話すマーチスの顔からは、必死さが滲み出ている。

お金に関しては騎士になってから返せばいいので、マーチスに付き合って買い物に行こうかとルピナスが思っていると、未だに肩を摑んでいるマーチスの顔に影が落ちた。

「ルピナスへの連絡を忘れた上に、明日勝手に休もうとしてるのはどこのどいつだ。本当に減給にするぞ」

影の正体はいつもより何倍も冷たい表情を浮かべたキースだった。

「キース様……お疲れ様です……って、え⁉　マーちゃん明日お休みじゃないんですか⁉」

「うわぁぁぁん‼　キース代わってよぉ！　あたしルピちゃんとお買い物行きたい～～‼」

どうやらマーチス自身も、休みだと勘違いしていたわけではないらしい。

駄々をこねてルピナスに抱き着くマーチスに、キースは青筋を立てながら、その首根っこを力強く摑んだ。

「離れろ。あと連絡を怠った上に無断で休もうとしたとして、明日までに反省文を書け。それと今から外で反省してこい。お前たち、この馬鹿を外に捨ててきてくれ」

「待ってよぉ！　あたしご飯もまだなんだからぁ～！　キースぅ～～～！！！！」

「出来心だったのよぉ～～‼」と叫ぶマーチスの声が、少しずつ小さくなっていく。

団員に両脇を抱えて連れて行かれたマーチスの姿が見えなくなると、キースは「あいつはほんとに……」と苦労が滲むような声で呟きながら、先程までお騒がせマーチスが座っていた席に腰を下ろした。

「悪かったなルピナス。それで、明日のことなんだが」

「はい。何でしょう？」

同時に、キースとは反対側のルピナスの隣に座っていたコニーは「僕はあっちで食べようかな！」と言って、キースに一礼するとそそくさと食事の載ったトレイを持って去って行く。

キースの声が、普段よりも少し柔らかかったため、察しの良いコニーは気を利かせたのだった。

「マーチスと同じことを言うようで癪だが、明日一緒に街に行かないか」

「え？　キース様と私がですか？」

「ああ」と頷くキースに、ルピナスは返答に困る。

どういう意図で誘ってくれているのか、分からなかったからだ。

「心配しなくても、俺は明日休みだ」

「そこは心配していませんが……理由が気になってしまって」

「……理由か。そうだな。……理由が、いるな」

顎に手をやって考え込むキースに、ルピナスは小首を傾げた。

（変なキース様……どうされたんだろう……あ、もしかして！）

そこでルピナスは、はたと気付く。

（これはキース様の思いやり！　部下に対する思いやりに違いない！）

前世ならまだしも、今世では、キースとルピナスは一緒に買い物に行くような間柄ではない。だから自分を誘った理由を考えてみたところ、それが一番しっくりときた。

キースは優しさから、働いてばかりのルピナスをリフレッシュさせてやろうと思ったのか、はたまたマーチスとの話で街に行くことへの期待を持っただろうから、それを叶えてやろうと思ったのだろう。

そう考え、感動で胸がジーンとしたルピナスは、キラキラとした瞳でキースを見つめた。

「ありがとうございますキース様！　ぜひ明日、よろしくお願いいたします‼」

「あ、ああ。それなら明日の十一時に部屋に迎えに行く」

「はい！」

（やっぱり……キース様は冷たくなんてない。むしろ温かくて優しい人。ああでも、二人きりならなおさら、フィオリナだってことがバレないように気を付けなきゃ！）

そんなふうにルピナスが考えているなんて知る由もないキースは、今まで団員に見せたことがないような柔らかな表情でルピナスを見つめている。

実はそんな二人のやり取りをしっかりと見ていた団員たちは、「これはもしや……？」と何故か乙女のように胸を高鳴らせた。

コニーは「やっぱり退いて良かった……」と一人安堵の表情を見せた。

次の日の十一時。時間ぴったりにルピナスの部屋にやってきたキースの私服は、白いシャツに黒いズボンと似たような色の濃い紺のベストを着たシンプルなものだった。

前世は平民で今世では貴族令嬢のルピナスは、良いものも悪いものも見てきているので、それがどれだけ上質なものなのかははっきり分かる。

容姿がいいこともあって、おそらく女性たちの注目の的になることだろう。

「キース様、とてもお似合いです。……その、隣に並ぶのが私で、申し訳ありません」

「どうしてだ。俺がルピナスを誘ったのに」

一方でルピナスは、数年前に流行したデザインの琥珀色のワンピースに身を包み、少しはマシになるようにと普段は後頭部で束ねている髪の毛を編み込んで片側に流した。

騎士の姿よりも女性らしいものの、このままキースの隣を歩けば、人目を引いてしまうだろう。不釣り合いね、という意味で。

（けどまあ、別に恋人同士のデートではないのだし。私が気にしなければいい話か）

だからルピナスは、何でもありませんと笑顔で伝えると、何やら意味深に見つめてくるキースを急かすようにして部屋を出た。

キースが手配してくれた馬車に乗ってしばらくすると、城下町に到着した。

何度か巡回でついてきたことはあるものの、初めて訪れた日を含めてゆっくりと街中を歩いたことがなかったので、楽しみ半分、想像したとおりキースを見る周りの視線が気になるのが半分だった。

否が応でも周りの視線を察知してしまっているルピナスの名前を呼んだキースは、直後に彼女の手首を掴む。

「どうされました？」

「街を回る前に用事がある。付き合ってくれないか？」

「はい。もちろんです」

ルピナスの中でキースは未だに少年のままで止まっているので、今のキースが何に興味があるのか、知りたかった。

だから手首を掴まれていることなんて、まあいいか、くらいの認識で、キースのあとに付いて行く。

キースは大通りに乗ってきた馬車を待たせると、そのまま一目散に歩き出した。そして間もなくしてキースが入ろうと言った店に、ルピナスは「へっ」と素っ頓狂な声を上げることになる。

「キース様は、女性ものの洋服にご興味が……？　もしや趣味、とか」

ルピナスがそう尋ねたのも無理はない。なぜならキースが入ろうとしたのは流行の婦人服を扱う店だったからだ。

しかし、キースからは予想外の答えが返ってきた。

「……どうしてそうなる。ここには君の服を買いにきたんだ」

「私の服をですか⁉　どうして……もしかして、今朝のことを……！」

『隣に並ぶのが私で、申し訳ありません』という言葉が原因なのだろうか。

そんなルピナスの考えは、どうやらキースが否定しないので、肯定と取って間違いないらしい。

「キース様に恥をかかせてしまうのは大変申し訳無いのですが、私の持ち物の中でこれが一番まだ豪華に見える服と言いますか……その、手持ちがないのでお店に来ても何も買えないと言いますか……！」

「俺は、今の君が隣にいても恥だなんて欠片も思っていない。……だが、優秀な部下を労う権利を、上司である俺に与えてくれないか」

「……っ、キース様……」

ルピナスが気を遣わないように言ってくれているのだろう。そんなこと、考えなくたって分かる。

（こんなふうに言われたら、ありがとうと言うしかできないじゃない……！）

ほんのりと柔らかく微笑んでいるキースに、ルピナスは頭を下げて、店の中に足を踏み入れた。

傷を見たらびっくりさせてしまうかもしれないと、ルピナスは店員に断りを入れて一人で試着をすることにした。

傷が見えないよう首周りが詰まったデザインを何点か選び、試着をしてキースに見せる。

この瞬間が堪らなく恥ずかしかったけれど、キースとルピナスが恋人同士だと勘違いしている店員は異常にテンションが高く「全てお似合いですわぁ‼」と世辞を並べてくるので気まずいことこの上ない。

「ルピナス、今着た中で気に入らないものはあったか？」

「いえ、全て可愛いですし、動きやすくて、素晴らしいと言いますか……」

「そうか。なら全て買おう。今着ているものは着て帰るので、その他の服は着てきた服と一緒に包んでおいてくれ」

「お買い上げありがとうございまぁすっ‼」

「ちょ、キース様……‼」

せめて一点だけにしてほしい！　ルピナスは強くそう進言したが、キースは既に支払ったからの一点張りで話を聞いてくれなかった。しかも知らない間に試着のときに履いた新しい靴まで購入済みで、ルピナスは冷や汗が流れてくるのを感じた。

ルピナスは最後に試着した、街でも浮かないような紺色の清楚なドレスに身を包んで、お会計を済ませて大きな袋を持ったキースのあとに続き、急いで店を出た。

「キース様、お待ちください！　せめて荷物は持たせてください！　それと洋服代は騎士に昇格してから返しますから……！　こんなに買っていただくわけには……っ」

「俺を女性に荷物を持たせるような無粋な男にするな。それに荷物は馬車に積めるから大丈夫だ。あと全て良く似合っていたから俺が勝手に買っただけだ。気にするな。それと、金は返されても絶対に受け取らないとだけ言っておこう」

（つまり全部だめなんじゃないですか……！）

ルピナスは男性と付き合った経験がないので、こういうときに上手い言葉が思い付かない。八つも年上となったキースを納得させるような言葉が見つからず、それならばせめて感謝の言葉を伝えたいと、ルピナスはキースの左手を両手で掴んで引き止めた。

「キース様、あの……」

人がそれほど多くない通りのため、突然立ち止まったルピナスたちに迷惑そうな視線を向ける者はいない。

申し訳無さそうにしてはキースの善意を無下にすることになるだろうからと、ルピナスは満面の笑みを浮かべた。

「ドレスも、靴も、何より気遣っていただいて、本当にありがとうございます……！　一生大切にします……！」

「……っ、いや、……ああ、そうか」

ほんの少しだけ、キースの耳が赤色に染まる。

少し顔を背けられてしまったので表情は分からないが、その瞳から不快ではないことは間違いないだろう。

すると数秒後、キースは顔から手を離すとルピナスの纏めた髪に優しく触れた。

ルピナスはその手の動きを目で追ってから、ゆっくりとキースの顔に視線を戻す。

「髪も、ドレスも、良く似合っている。――綺麗だ」

「……っ」

それはルピナスにとって、不意打ちの言葉だった。

少年だったキースから言われたことがある綺麗とは、種類が違う。

眉目秀麗な大人の男性になったキースから言われたその言葉は、どうしたって甘美で、女として見られているという感覚が迫ってくるようでゾクゾクするから。

「ふ、……何だ。また顔を隠してるのか」

「……も、申し訳ありません……」

ルピナスはそっと両手で顔を隠す。癖であり、突発的に動いたその手は、キースに指摘されてからもそのままだった。

（だって今、絶対に顔が赤いもの。さすがに恥ずかしい……）

それにこんな顔を見せたって、キースが困ってしまうだろう。

社交辞令を真に受けられて面倒だと思うかもしれないと考えて、手をそのままにしていると、ルピナスの髪に触れていたキースの手が僅かに動く。

そしてキースの手は、顔を覆い隠すルピナスの片側の手を掴んで、その『赤』を露わにした。

そのまま少し腰を折り、キースは至近距離でその『赤』を見つめる。

「……やっぱり、マーチスと来させないで良かった。この顔は、他の奴にあまり見せたくないな」

「そ、そんなに不細工でしょうか……」

「……逆だ。その顔を見たら大半の男は落ちる。とだけ言っておこうか」

「!?」

全身がじんわりと熱くなり、顔なんて火を噴くのではというくらいに熱い。

それなのに手を離してくれないキースに、ルピナスは、いつからこんな言葉が言えるようになったの！　と内心で嘆いた。

それから荷物を馬車に預けて帰してしまうと、二人は適当な店に入って昼食をとった。

まるで揃えたように同じ紺色の服を着ているからか、店主に「仲のいい夫婦だね〜」なんて言われたときは反応に困ったものだ。

キースの面子に関わるために必死に訂正するルピナスに、キースは可笑しそうに口角を上げた。

食事までご馳走になり、恐縮しながらも、ルピナスはキースの隣を歩いて街を見て回る。

（昔から密かに将来が楽しみだったけれど、本当に素敵になって……そりゃあモテる。……あ、想い人がいるからモテても意味ないのか）

しかし、それならこの状況はどうなのだろう。

想い人がいる中で、二人で出かけていてもいいのだろうか。

（まさかキース様はそういうことを考えていない？　確かに私のことは部下の一人だとしか思っていないだろうけれど、勘違いされてはキース様に申し訳が立たない）

どこで誰が見ているか分からないし、念には念を入れた方がいいだろう。

そう思ったルピナスが徐々に距離を取って後方に下がると、無意識に身に染み付いた護衛騎士のときの癖――適度な距離を保ち、薄く気配を消す。

するとピタリとキースは足を止めた。

続いてルピナスが足を止めると、キースはくるりと振り返って「ははっ」と声を上げて笑う。

「またその距離の取り方。護衛するつもりか？　騎士団長の俺のことを」

「……つい癖っ、もあるけどそうじゃなくて、キース様の想い人に勘違いされては大事だと思いまして……‼」

（危ない危ない。フィオリナだとバレるところだった……！　けれど、こんなふうに声を上げて笑ったキース様は、生まれ変わってから初めて見た。嬉しいな……）

しかし、そんなキースの表情は、直ぐにくしゃりと歪められる。

苛立っているというよりは、切なそうなその表情に、何かまずいことを言っただろうかと焦ったルピナスの額に冷や汗が浮かぶ。

「……なるほど。そういうことか」

そう言ってキースは、人の流れに逆らってルピナスの目の前まで戻ってくると、予想外の言葉を口にした。

──『俺の好きな人は、もう死んでいるんだ』

切なげな表情のまま、今すぐに泣き出しそうなその声に、ルピナスは何も言えなかった。

◇◇◇

衝撃の事実を告白した後、キースはすぐにいつもの様子に戻ったように見えた。

その人が亡くなってから時間が経っていて、切り替えができるようになったのか、それともルピナスに気を遣わせまいとしたのか。

どちらにしても、変に気遣うのはキースにとって喜ばしいことではないだろう。

ルピナスはそう思って、あまり気にする素振りは見せずに、その後もキースと一緒に街を見て回った。

雑貨屋や本屋はもちろん、騎士である二人の相棒と言える剣を見るため、武器屋も何軒か回っていると、いつの間にやら日が落ちていたのだった。

「キース様、今日は誘ってくださってありがとうございました！　大変楽しかったです……！それに改めて、食事に洋服も、ありがとうございます」

迎えにきた馬車の中、騎士団棟に戻ってからではゆっくり話せないかもしれないと、ルピナスは少し早口にそう言って頭を下げる。

向かい合わせに座るキースの横にある洋服や靴は、間違いなく宝物だ。

「……俺が勝手に買ったんだから気にしなくていい」

「気にしないのは……さすがに無理かと……」

「………それなら、今度の御前試合では、第一騎士団の人間として、その名に恥じないように戦ってくれ。それで十分だ」

「はい、それはもちろんです……！　推薦していただいたお二人の顔に泥を塗るわけにはいきませんので」

御前試合はキース率いる第一騎士団と、近衛騎士団、辺境地に滞在している第二騎士団から選出された騎士に出場権が与えられる。

今年は辺境地での任務が多忙らしく、第二騎士団は参加できないと事前に通達が来ていた。

つまり第一騎士団と近衛騎士団だけでトーナメントが行われるのだ。

「そういえば、例の近衛騎士の彼はその後どうなったのですか？」

ふと気になって、ルピナスはそう問いかけた。

ルピナスはアイリーンと友人になった日に、ガゼボで色々な話をした。

そのとき、アイリーンにちょっかいを出した近衛騎士の処遇がどうなったのだろうという話にもなったのだが、当時はまだはっきりとした処罰が下っていなかったのである。

一応当事者であるルピナスは、彼の処遇を密かに気にしていたのだ。

「半年間給与なし。三ヶ月近衛騎士団棟内の共用トイレの清掃。被害者へ誠心誠意謝罪すること。次に何か問題を起こしたら騎士資格の剥奪だ。民を守るべき騎士のあの愚行は、本来なら即刻騎士の資格が剥奪されていてもおかしくないが、君が馬鹿正直に雑巾のことも話したから、多少罪が軽くなったみたいだ。まあ、本人はこってり絞られて相当反省しているらしい」

「そうでしたか！　……それなら、もう変なことはしないでしょうし、アイリーン様が安心して働けるなら何よりです」

「アイリーン？」

「ああ、アイリーン様はそのメイドの子の名前で、つい先日お友達になりました！　女友達を作るのが夢だったので、夢が一つ叶いました」

「…………」

女友達を作るという夢が叶って嬉しいと、弾けるような笑顔で言うルピナスをキースがじっと見ていた。

「キース様、どうかされました？」

「……いや、昔、同じようなことを言っていた人がいるから驚いただけだ」

「えっ」

——もしかしてそれは、私だろうか。

キースの言う昔が何歳の頃を指しているかは分からないが、フィオリナはわりとどうでもいいことでもキースにはよく話していたので、その可能性は大いにあると思った。

（そんな些細なことまで覚えてくださっているなんて……さすがキース様は聡明でいらっしゃる）

しかし反応することはできないルピナスは、「そうですか」と当たり障りのない返しをする他なかった。

ふと、窓からの景色を見たルピナスは、そろそろ騎士団棟に着くことに気が付く。

（この時間が終わるのが、少しだけ寂しいな）

フィオリナであることを告げれば、今日のように二人で過ごす時間は増えるだろう。キースのことを弟のように愛おしく思うルピナスにとって、それは至福の時間に違いない。

けれど今日、ルピナスはキースの儚い恋愛事情を知ってしまった。

愛する人がこの世に居ないという悲しみを背負っているキースに、正体を明かして、過去の辛い記憶を思い出させて、さらに辛い思いをさせるなんてあってはならないことだ。

（うん。気を引き締めよう。フィオリナだってバレないように）

ルピナスが何度目かの決意を胸に外を眺めていると、キースが口を開いた。

「ルピナス、御前試合、頑張れ。君の活躍を期待している。だが決して無理はするなよ」

「……っ、はい！　私は……キース様の部下になれて本当に幸せものです」

「君は――。いや、何でもない。御前試合はトーナメント制で試合の開始時間には厳しいから、遅れないようにな。……」

「はいっ！」

――そう、キースからきちんと釘を刺されていたというのに。

第六章　王弟、セリオンとの再会

御前試合当日、ルピナスは出場するために、王宮から少し離れた円形の会場――コロシアムに来ていた。既に会場には年に一度の祭りを楽しみにしている市民が続々と集まってきている。

前世を含め何度か訪れたことのある会場を改めて見渡すと、なんだか懐かしい気持ちになる。

（今日ここで戦うんだ。前世でも緊張したけど、今までで一番緊張してるかも）

ルピナスは虐げられ、家から殆ど出してもらえていなかったので、大勢に見られる環境にあまり慣れていないからかもしれない。

この前の近衛騎士との決闘は、急遽だったことである意味緊張する暇もなかったのだが。

「キース様、開始まで少し時間があるので、周りを歩いてきても構いませんか？」

「構わないが、遠くへは行くなよ」

「はい！」

「いやぁ～んキースったら優しいぃ～」

「黙れ」

キースに辛辣な言葉をかけられてもへこたれないマーチスにも見送られながら、ルピナスは会場の外に小走りで向かう。

前世でもそうだったが、ルピナスは緊張をすると、身体を動かしたくなるのだった。

（準備運動にもなるし、いいよね）

会場の裏側に小さな森があることを知っているルピナスの足は、迷わずそちらに向かう。

御前試合が行われる会場の近くだからか、木も花も手入れされているようで、季節の花が綺麗に咲き誇っている。胸の高鳴りを落ち着けるのに最適な場所だ。

「前世でも、御前試合の前はここに来たのよね」

会場の周りを見渡せば、御前試合に出場しない一部の騎士が会場の警備をしている。

おそらく観覧する王族、または貴族がもう来ているのだろう。

「さて、しっかり身体を温めておこう」

ルピナスの身体は最近やっと騎士らしい筋肉が付いてきた気がする。

フィオリナだった頃と比べればまだまだだし、体質的に筋肉質にはなりづらいだろうということは経験上分かるものの、自身の変化は嬉しかった。

ルピナスは軽く息が上がるくらいの速度で走って行く。

すると、唐突に聞こえる甲高い声に、ルピナスはピタリと足を止めた。

「誰か私を助けなさぁぁい‼」

「えっ、上……⁉」

幼さを含むその声に、ルピナスは慌てて声のする方を見上げる。

するとそこには、フリルがあしらわれたレモン色の可愛らしいドレスに身を包んだ、まるで妖精のような少女がいた。

「えっと、そのようなところでどうされました？」

「見たら分かるでしょう⁉　木に登ったら降りられなくなっちゃったのよ‼　早く助けなさい‼」

今にも折れそうな木の枝の上に座り込み、幹にしがみつくようにしながら、半泣きでそう叫ぶ少女。

（どこからどう見ても良いところのお嬢様。上位貴族かな。……って、あれって）

彼女から少し離れたところには、白い子猫の姿がある。ブルブルと震えているところを見ると、猫も木から降りられなくなったらしい。

「もしかして、子猫を助けようとしてですか？」

「そうよ‼　いちいち言わなくていいわよ！　その服騎士見習いでしょ⁉　早く助けなさい‼」

（え、偉そうなお嬢様……けど、子猫のために木に登るだなんて、誰でもできることじゃないもの。きっと優しい子なのね）

そもそも十歳にも満たないような少女が、ドレス姿で木に登れるだけで凄いのだが。

将来騎士を目指しては、だなんて言える状況でもないので、ルピナスは木に登ると、子猫を先に助けて少女の腕の中に預けてから、「失礼しますね」と言って少女を抱えた。

「申し訳ありませんが、両手が塞がっているのでゆっくりは降りられません。貴女様のことは私が絶対に離しませんから、子猫ちゃんのことはお願いしますね。では、飛びます」

「えっ、ええ、うわぁぁぁあ‼」

「にゃあおーーんっ‼」

「あっ、待って、落ち着いて……！」

少女をしっかりと抱き締め、ぴょんっと木から飛び降りたルピナスは、あとは着地に意識を集中するだけだった。

しかし、少女の絶叫に近い声に子猫はよほど驚いたらしい。バタバタと暴れ出し、すぽんっと少女の腕の中から飛び出てしまったのである。

「──っ、危ない……‼」

「きゃぁぁっ‼」

いくら猫とはいえ、子猫がこのまま地面に叩きつけられたら、怪我をしてしまうかもしれない。

ルピナスはそう思って、空中で少女を片手に抱えたまま、咄嗟に空いた方の手で子猫の胴体を摑んで自身の腕の中へと引き入れる。そして。

──ドサッ‼

「……っ、いった………」

「ちょっと貴女大丈夫⁉」

「にゃーおっ」

少女と子猫を守るために無理な体勢で着地したルピナスは、右足首の痛みに表情を歪めた。

しかし、不安そうな顔つきで覗き込んでくる少女に心配をかけさせまいと、ルピナスは必死に笑顔を取り繕った。

「ご心配をおかけしてしまい申し訳ありません。お怪我はありませんか？」

「あ、貴女……っ、自分が怪我をしてるんじゃ――」

「リリーシュ、ここに居たのか」

そんなとき、リリーシュと呼ばれる少女の声を遮ったのは、そよ風のように爽やかで、落ち着いた声。

聞き覚えのあるその声に、ルピナスは視線を声の主へと向けた。

「セリオン、様………」

「君は――済まないね。どこかで会ったことがあったかな？　……おや、その服は……」

（あっ、前世の癖で名前で呼んじゃった……！）

ゆったりとした歩調をやや早め、セリオンがルピナスとリリーシュの直ぐ側まで近付いて片膝を突くと、突如現れた男に驚いた子猫は逃げて行ってしまう。

しかしその先に親であろう猫がいるのを視界の端に捉えたルピナスはほっと安堵してから、セリオンに向かって頭を垂れた。

「先程は許可なく名前で呼んでしまったこと、大変申し訳ありません――王弟殿下」

「いや、構わないよ。それで、一体ここで何があったのかな？　出場者はそろそろ会場に戻らないとまずいだろう？」

（どうして騎士見習いの私が出場するって知ってるんだろう）

そう問いかけたセリオンは、ルピナスの疑問をよそに、リリーシュに視線を移した。その瞳はとても優しいものだ。

柔らかなアイスブルーの瞳に捉えられたリリーシュは「叔父様あのね」と事のあらましを説明し始めた。

（ん……？　叔父様ってことは、このお方は陛下の娘――つまりリリーシュ王女⁉）

社交界に出たことがなく、一度も顔を見たことがなかったとはいえ、貴族令嬢がこの国の王女の姿を知らないのは恥でしかない。

（フィオリナのときはまだ生まれてなかったから、分からなかった……）

――さらっと知っていたふりをしよう。ルピナスがそんなふうに思っていると、リリーシュの説明を聞き終わったセリオンがルピナスに手を差し出した。

どうやら掴まれ、ということらしい。

「あ、ありがとうございま、い……っ」

そう言って、セリオンの手を掴んで立ち上がろうとしたとき、足に痛みが走った。

「……！　まさかリリーシュを助けたときにどこか怪我を？」

「そうなの叔父様！　さっきも足を痛がっていて……私のせいで……」

「王女殿下、それは違います。これはその――元々なのです」

「えっ、そうなの⁉」

（いや、嘘だけど……この嘘なら不敬にならないはず）

言葉はきついし一見我が儘のように見えるリリーシュだが、子猫を助けようと無茶をしたり、怪我をしたかもしれないルピナスを泣きそうな顔で心配したりするあたり、心根は優しいいい子なのだろう。

ルピナスは、そんなリリーシュに罪悪感を抱いてほしくなかったので、嘘をついたのだった。

すると、リリーシュの顔に明らかに安堵の色が浮かんだところで、遠方から声が聞こえた。

どうやら、リリーシュを探す近衛騎士のようだ。

「あ、まずい見つかったわ‼」

「リリーシュ。いつも騎士を困らせるのはやめようね。それと、こちらの女性に早くお礼を言いなさい。助けてもらったんだろう？　礼を欠くのは王族の恥だよ」

「はぁい。……助けてくださって、ありがとう」

「いえ。ご無事で何よりでした、王女殿下」

ルピナスが笑顔で返すとリリーシュは、

「また会うことがあったらお話しする権利を与えてもよろしくってよ！　ふんっ！　ではごきげんよう！」

そう言って、近衛騎士とこの場を去って行った。

（まるで嵐のような人だった……）

しかしまだ問題は残っている。

リリーシュと一緒にセリオンも立ち去ると思っていたのに、何故かその場に残りルピナスの顔をじぃっと見ているのである。

「あ、あの、王弟殿下……」

「ああ、失礼。それと改めてリリーシュを助けてくれてありがとう、ルピナス嬢」

「……！　どうして名前を、そういえば先程、私が御前試合に出場することもご存じの様子でしたが……」

「女性の騎士見習いが近衛騎士との決闘に勝利し、団長たちの推薦を受けて御前試合に参加することは、かなり話題になっているからね。自然と耳に届くよ」

なるほど。王弟ともなれば様々な情報が耳に入ってくるに違いない。

納得したルピナスは、改めてセリオンの顔を見る。

十八年前にはなかった渋さは感じ取れるものの、大きくは変わらない容貌。色気は数段増している気がするが。

優しいところも、王族としての自覚をしっかりと持っているところも、落ち着いた声色も、何も変わっていない。

――セリオン・アスティライト。

ここアスティライト王国国王の弟であり、魔術師団団長であり、キースの伯父にあたる高貴なお方。

――前世でルピナスは、そんなセリオンに求婚されたことがある。

（とはいえあれは、セリオン様の冗談だったんだけどね。本人がそう言っていたし。浮いた話が一つもない私に、思い出をくれたのよね。王族の鑑のようなセリオン様が、当時平民だった私に

本気で求婚するはずないもの。結婚の話の流れでキース様にお伝えしたときは何か微妙そうな顔をされたけど、何だったんだろう）

約二十年前。

フィオリナがまだキースの専属護衛騎士になる前、第一騎士団に勤めていた頃、セリオンとは頻繁に会う機会があった。

当時魔物が活性化していたため、騎士団と魔術師団の連合で魔物の討伐に行くことが多かったのである。

王位継承権を持つ者は、本来魔術師団に入ることはできないのだが、セリオンは膨大な魔力量と類い稀なる魔法のセンスがあったため、特例で許可されたのだ。

フィオリナと歳が同じで独身、王弟という立場、若くして魔術師団の団長に上り詰めた実力、それに甘いマスクに優しい性格が相まって、セリオンは自他共に認めるほどにモテていた。

（当時の人気は凄まじかったものね。今セリオン様は三十八歳。もうさすがに奥様がいるだろうから、人気は衰えただろうけれど）

当時、男所帯で生活しているからか、女らしさが全くなかったフィオリナにも、セリオンは女の子扱いをして優しくしてくれた。

フィオリナはそんなセリオンに対して、一人の人間として好意を抱いていたものだ。というより、セリオンのことが嫌いだなんて人間を、聞いたことがなかった。

ルピナスはそんなセリオンのことを、戦友であり、陰ながら自慢の友のように思っていた。

「ところでルピナス嬢、改めてリリーシュを助けてくれてありがとう。それと怪我のことも済まない……今から御前試合だというのに」

セリオンについて思いを馳せていると、申し訳無さそうな声色が少し高い位置から降ってくる。

ルピナスはハッとしてから、慌てて手をブンブンと胸の前で動かした。

「い、いえ！　それに先程も申しましたがこの怪我は」

「嘘をつかなくてもいい。これでも人のことは良く見ている方でね。リリーシュが罪悪感を持たなくて済むよう嘘をついてくれたんだろう？　君は優しい女性だね」

まるで恋人を見ているのかというくらいに優しい笑顔でそんなふうに言われたら、これ以上嘘をつくことはできない。

セリオンは昔から、一枚も二枚も人間が上手だったのだ。ルピナスの咄嗟の嘘なんて、簡単にバレて当然だった。

とはいえ、ルピナスがフィオリナの生まれ変わりであることはそう簡単にバレることはないだろう。

そもそもセリオンの中でのフィオリナの存在は、昔仲の良い同僚がいたなぁ、というくらいに違いないのだから。

（前世の記憶があるなんて非現実的なこと、わざわざバラす必要はないけれど、キース様に対するほど意識して隠す必要もないかな）

まあ、隠そうとしても身体に染み込んだ癖や、深く考えていないで出てしまっている言葉があるのだが。

「しかし済まないね。私は魔術師団長なんて大層な役目を仰せつかっているが、回復魔法は使えなくてね」

「そんな……謝らないでください！　お気持ちだけで十分です。それに軽い捻挫《ねんざ》ですから、御前試合にもそれほど影響しないと思いますし……かくなる上は……」

――バァン！

ルピナスは両手で自身の両頬を叩くと、気合を入れる。

頬がほんのりと赤くなるほどに叩いたせいか、驚いているセリオンにへらっと笑ってみせた。

「こうやって気合を入れれば、何とかなります。ですので、本当に心配はしないでください」

そのとき、咄嗟に目を瞑ってしまうほどの強風が吹き荒れる。

風が過ぎ去ってからギュッと閉じた瞳をゆっくりと開けたルピナスは、自身の赤くなった頬に触れそうなほどの距離まで伸びてきていたセリオンの手に、反応できなかった。

「――君は」

「えっ」

しかし突然の第三者の介入により、セリオンの指先は、ルピナスの頬を一瞬掠《かす》めるに留まった。

「ルピナス！　ここに居たのか」

「キース様……！　どうしてここに」

「あまりに遅いから迎えにきたんだ。まさかこんなところに来ていると思わなかったが――どうして君と王弟殿下が一緒に居るんだ」

足早に現れたキースの息が少しだけ上がっている。

心配して探し回ってくれたのだろうということは容易に想像でき、後できちんとお礼を言わなければとルピナスが思いながらキースの質問に答えようとすると、それはセリオンの声によって遮られた。

「やあ、キース。少し久しぶりだね。実は今、ルピナス嬢のことを口説いていたんだ」

「えっ⁉」

「──は？」

思わぬセリオンの発言に、キースは眉を顰める。

そして直後、キースはルピナスのことを庇うように二人の間に割って入った。

「王弟殿下は、昔から冗談がお好きなようで」

「はは、どうだろうね。……ああ、そういえばキース、彼女、実はさっき足を──」

「あああああ‼　キース様！　そろそろ時間が！　急いで参りましょう‼　さあさあ！　参りましょう！」

「あ、ああ」

王族の言葉を遮るのは不敬だと分かっているが、おそらくセリオンは寛容なので大丈夫だろう。

現に、ルピナスが懇願するような顔で見つめると、セリオンはルピナスの意図を察したようで、遮られた言葉の続きを紡ぐことはなかった。

（さすがセリオン様……！　キース様に怪我のことがバレたら、御前試合に出ないよう言われるかもしれないし。せっかく推薦してくれたんだもの……絶対に出たい）

捻挫のことを秘密にしてくれたセリオンに、ルピナスが何度も頭を下げると、その事実を知らないキースは少し怪訝そうな顔をしながらルピナスの手首を掴む。

「早く行くぞ」と声をかけられたので、ルピナスは改めてセリオンに丁寧に挨拶をすると、キースも軽く頭を下げ、二人は会場へ向かおうとした。

「ルピナス嬢、少し待って」

「はい、何でしょうか？」

セリオンに背を向けたところだったので、ルピナスはゆっくりと振り返る。

後ろに束ねた髪の毛が、ふわりと揺れた。

「リリーシュのこと、改めてお礼をしたいから、今度騎士団棟の方へ顔を出すよ。また会ってくれるかい？」

「え……！　そこまでしていただかなくても……いえその、訪ねていただくのも申し訳無いですし……」

「これは私の我が儘だから、君は何も気にしなくともいいよ。ね？」

「は、はい。そういうことでしたら、お待ちしておりますね」

こんな一介の騎士見習いにそこまでするなんて、やはりセリオンはできた人だ。

ルピナスはそんなふうに思いながら、今度こそキースと共に会場へ歩き出す。足に痛みは走ったものの、バレたくないからと我慢して。

——しかし、このときルピナスは知らなかった。

「やっと……やっと会えたね」

セリオンが、ルピナスのことを熱を帯びた瞳で見つめていたことを。

気配を感じ取ったキースが一瞬振り返り、そんなセリオンの瞳に気が付いていたことを。

「——フィオリナ」

噛みしめるようにその名前を口にしたセリオンは、視界から外れるまでルピナスの背中を目で追った。

会場に着くまでの間、探してくれたことへのお礼と謝罪、そして事の顛末を説明すると、キースが髪をぐしゃりとするようにしてルピナスの頭を撫でてきた。

勘が鋭いのか、「怪我はないのか？」と聞いてくるキースに、ルピナスは食い気味で「問題ありません」と答えてみせる。

「まあそれならいいが……。それと王弟殿下の件だが、会うときは二人きりでは会うな。もし訪ねてこられた場合は、できるだけ俺を呼んでくれ。俺が居なかったり忙しそうなときはマーチスでも他の団員でもいいから、あまり二人きりにはなるなよ」

「はい。承知いたしました」

三十八歳のセリオンからすれば、十八歳のルピナスなんて娘同然だろうが、周りはどう思うか分からない。

もしも、おそらく妻子持ちであろうセリオンと密会していたなんて噂が流れたら、ルピナスは騎士団に居られなくなるだろう。

セリオンにだって悪評が流れるかもしれないし、何よりセリオンの妻子に申し訳が立たない。

（あれ？　そういえば前にアイリーン様が魔術師団棟ではメイドの入れ替わりがここ十八年ないって言っていたっけ）

そのときに一番に思い浮かんだのは、令嬢たちに大人気のセリオンが未だに独身で、彼に心酔しているメイドたちが他の縁談を断ってでも未だに勤め続けているという可能性だった。

ともすれば、セリオンはまだ独身の可能性もあるにはある。

（うーん、まあどちらにしても今はいいや。御前試合に集中しなくちゃ。無心になれば足の痛みも感じない、痛くない、大丈夫）

と、自己暗示をするルピナスだったのだけれど、そう事は簡単ではなかった。

◇◇◇

「――勝者、ルピナス・レギンレイヴ！　決勝戦進出！」

「おおおおお！」と観客や第一騎士団側の応援席から歓声が聞こえる。

ルピナスは対戦相手に一礼してから、歓声に応えるようにできるだけ笑顔を作るが、内心はそれどころではなかった。

（足が……痛い！）

当初はそれほど大した痛みではなかったのだが、連戦連勝で次々と試合をこなすうちに負担が蓄積されたのか、足を踏ん張ると激痛が走る。ただ歩く分にはさほど問題はないが、右足を軸にして剣を振るうのは厳しいだろう。

額には疲れではなく痛みが原因で脂汗が滲み、ルピナスは少しでも時間を稼ぐためいつもよりゆっくりとした足取りで選手待機所まで戻った。

対戦相手はまだ来ていないらしく、ルピナス一人である。

用意されていた椅子にドサリと座り、ズボンの裾をくるりと捲って巻いておいたハンカチを取る。

右足首を確認すれば、そこは薄らと赤紫色に染まり、僅かに腫れているように見えた。

「これは……あんまりよろしくない」

前世で騎士だったルピナスは、怪我の処置に詳しい。怪我が絶えない騎士仲間たちを助けたい、そして危険な任務に就くこともある騎士として、どんな場所でも遭遇した要救護者を助けたいと思ったからだ。

だから事前に、ルピナスは持参したハンカチを使って足首を固定していた。

おそらくこの処置をしていなければ、より激痛が走っているだろう。

「あと一戦……あと一戦だけなら――」

「ルピナス、足がどうかしたのか」

「……！　キース様……!?」

いつの間に現れたのか、キースが少し離れたところに立っていた。

一番来てほしくなかった人物の登場に、ルピナスの上擦った声がその場に響く。

ルピナスは急いでズボンを戻すと、「どうされました……⁉」と明らかに動揺した声を零し、部下として座ったままではいられないと立ち上がろうとしたのだけれど。

「疲れているだろう。座ったままで構わない。今日の君の動きが、いつもと少し違っていたのが気になったから様子を見にきた」

キースの気遣いに中腰になった腰を下ろす。ありがとうございますとお礼を言ったルピナスは、座ったままで会話を続けた。

「……そ、そうですか？　緊張しているからでしょうか……あはは………」

選手待機所は原則、参加者以外の者は入れない。

しかし、決勝戦の前の少しの時間だけは、参加者を鼓舞するために団長クラスの人間だけは入れるようになっていた。

石張りの床を、コツコツと音を立てて近付いてくるキース。

背筋をぴしりと伸ばし、無意識に右足を後ろに引いたルピナスの前に、キースは跪《ひざまず》いて細い足首へと手を伸ばした。

「キース様……⁉　どうされ――」

「悪いが、さっき一瞬見えた。動きがおかしいと思ったら、やはり怪我をしていたんだな」

「……！　それは……」

「何故隠した。ルピナスの実力ならば、来年正式に騎士になってからでも御前試合には出られるだろ。わざわざ無茶をしなくてもいい」

キースの言葉はまさにそのとおりなのだ。ルピナスだってそれを考えなかったわけではなかった……。

（けれど……私は……頑張りたい）

この短い期間でも、第一騎士団の皆が優しいことは分かっているつもりだ。

棄権をしたとして、心配をされることはあっても、責められることはないだろう。

それこそ、ルピナスはキースのことは良く知っている。仲間思いで部下を大切にするキースが、怪我をした状態で無茶をしたらどう思うかも、もちろん考えたけれど。

「私は……このまま戦いたいです」

「推薦したことを気にしているならそれは――」

推薦してもらった手前という気持ち、出場できなかった騎士たちへの思い、前世でも叶えられなかった御前試合での優勝がもうそこに見える状況、全てがルピナスを衝き動かすけれど。

そんなルピナスを一番に衝き動かすのはいつだって、キースの存在だった。

「キース様が頑張れって、期待してるって言ってくださいました……私はそれがとても嬉しかった、から……」

「…………っ」

「この程度の怪我ならば騎士見習いの仕事にもさほど支障は出ないと思います……！　いえ！

出しません……！　ですからどうか――」

　ギリ、と奥歯を噛み締めたキースは、立ち上がって腰を折ると、座っているルピナスを力強く抱き締めた。

　ルピナスは少しだけ、経験のない胸の高鳴りを感じたけれど、それは心の隅に追いやる。

「えっ、あの、キース様……⁉」

「そんなふうに言われたら、君を止められないだろ」

　そう言ってキースは、僅か五秒にも満たない強い抱擁からルピナスを解放した。

「いきなり悪かった」と謝罪して、くるりと背中を向けると、そのまま出口の方へと数歩進む。

　――コツコツ。石張りの床を進む音だけが響いていたが、それはピタリとやんだ。

「直ぐだ」

　キースは立ち止まって振り返るとそう言った。

「……えっ」

「直ぐに終わらせろ。もちろん、勝利するのは君だ。――応援している」

「は、はい……！　お任せください……！」

　その答えに満足そうに頷いたキースは再び出口に向かって歩き出した。

　小さくなっていくコツコツという音を聞きながら、ルピナスは天を仰ぐ。

　ルピナスは、前世のときのように、キースを守るような立場でなくなった。

　年齢も年下になってしまい、剣術の実力は今や、キースの方が強くなってしまった。

――それでも、未だにキースのことを弟のように思ってしまう。

フィオリナとキースは、周りから見たら、ただの護衛とその護衛対象という関係にしか見えなかっただろう。

けれどキースと共に過ごした二年間は、悲しみも、遣る瀬なさもあったけれど、楽しくて、幸せな時間でもあったのだ。

「キース様に応援されたらそんなの、負けるわけにはいかないじゃないですか」

まるで弟のように愛おしいキースの言葉は、何ものにも代えがたい。

ルピナスにとってキースの言葉は、キースは、特別だったから。

――そんな思いを胸に、ルピナスは試合会場に向かった。

迎えた決勝戦、ルピナスはキースに言われたとおり、試合を長引かせないよう先制攻撃をしかけた。痛くない方の足で地面を蹴ると素早く木剣を振りかぶる。

足は痛いはずなのに、まるでフィオリナだったときのように身体が自由に動く気がした――。

「――優勝は、ルピナス・レギンレイヴ‼」

◇◇◇

レギンレイヴ子爵邸、レーナの自室。

それは、ルピナスが御前試合で優勝してから数時間後のことだった。

「ちょっとドルト様、冗談はやめてくださらない？　お姉様が名誉騎士の称号を賜ったなんて」

姉から婚約者を奪った妹のレーナは、フンッと馬鹿にしたように鼻で笑った。

ドルトは、もはやそんなレーナの態度に驚きはないようで、眉を顰めている。

部屋の端で待機しているメイドのラーニャは、その姿をじぃっと見つめていた。

（レーナ様《あの悪女》、ルピナス様が家を出て行かれてからすぐに本性を出したけれど、ドルト様《あの最低男》の呆れたような顔に気付いていないのかしら）

レーナは本来、我が儘で、人を馬鹿にすることをなんとも思わないような女だ。ドルトを婚約者にしたのだって、彼が侯爵家の人間で、ルピナスには分不相応だと思っただけのことだ。そこに愛はなかった。

しかしドルトは違ったのだろう。

ルピナスが出て行ってから、やっと自由にレーナと愛を育めると思っていたのだが、そんな日はやってこなかった。

ルピナスに虐められていたか弱くて可哀想なレーナ――のはずが、その態度が豹変したからだ。

だからだろうか。本来のレーナの姿を知ったドルトは表面上婚約者としてレーナに接していたものの、日に日にメイドたちにちょっかいを出すことが増えてきているのだ。

ラーニャもその対象の一人だったので、非常に迷惑だった。

「いや、本当なんだよレーナ。今日御前試合が行われて、僕の親戚が見に行ったみたいなんだ。優勝者の名前はルピナス・レギンレイヴだって」

「そんなわけないじゃありませんか！　お姉様が優勝？　名誉騎士？　そんなの人違いに違いあ

りませんわ」

（それは確かに。ルピナス様は運動はそれほど得意ではなかったし、剣なんて一度も……）

レーナの言い分に賛同するのは癪だが、ラーニャも人違いだろうと思った。

聞き間違いか、もしくはルピナスの名を騙《かた》った何者かに違いないだろうと。

「いや、間違いないよ。髪の毛の色や瞳の色を聞いたらルピナスの特徴に当てはまっていたんだ」

「……ハァ。ドルト様、お姉様の特徴なんてどこにでもある平凡なものじゃない」

「そ、それもそうか。そう、だよね。物凄く美しくて凛とした女性だとも言っていたから、そんなはずは……ない、か」

「――は？　物凄く美しいですって？」

（ん？　美しい……？　それは……）

ドルトの発言に、ラーニャの中の、その人はルピナスではないだろうという考えは揺れる。

（……本当にルピナス様かもしれないわね。ルピナス様って、磨けば輝く原石だもの。派手ではなかったけれど、顔が整っていたことは間違いないわ）

ラーニャは二人にバレないようにうんうんと頷く。

しかしパリン、という陶器が割れるような音に、ラーニャはハッとしてレーナたちを見つめた。

どうやら、レーナがティーカップを床に叩きつけた音だったらしい。

「私以上に美しい女なんていないわよ‼　それもあのお姉様よ⁉　傷物のお姉様が私よりも美し

いわけないじゃない‼　あーー！　気分が悪いわ！　もう帰ってちょうだい‼」

「わ、分かったから扇子で叩かないでおくれ！」

癇癪を起こして扇子で叩くレーナをなだめ、急いで帰ろうとしたドルトは、こぼれた紅茶で床が濡れていることを失念していたのか、つるんっと滑って盛大にバランスを崩した。

そのとき、ドルトは咄嗟にレーナの腕を摑むと、二人は同時に床に倒れ、示し合わせたように同時に「ぎゃあっ」と醜い声を上げたのだった。

ラーニャはそんな二人を見て、誰にも聞こえないような声でポツリと呟いた。

「ザマァみろ」

◇　◇　◇

一方同時刻、第一騎士団の食堂では。

「ねぇ、ルピちゃん、本当に副賞これで良かったのぉ？」

「はい！　他に思い付きませんでしたし！」

マーチスの問いかけに、ルピナスは晴れやかな笑顔でそう答えた。

――現在、ルピナスを含めた第一騎士団の団員たちは、食堂で祝勝会を開いていた。

もちろん、主役は御前試合で優勝し、せっかくの副賞に大量の食料と酒が欲しいと国王に申し出たルピナスである。

「ルピナス最高！」「酒最高！」「やっぱりルピナスが最高ーー！」などと言って、団員たちは完全にでき上がっている。

コニーは既に酔い潰れているようで、テーブルに伏せて眠ってしまっていた。

「けどあのときの王様の反応ったら笑えるわよねぇ」

ほろ酔いなのか、うっとりした表情で表彰式のことを思い出すマーチスに、ルピナスは「確かに」と笑いを漏らした。

『ここ数年副賞が地味でつまらんからキースを不参加にしたのに！　金や領地はいらんのか⁉　もっと派手なものを欲しがってくれ‼』

なんて、一国の王様が言う台詞とは思えないだろう。

（お金はちょっとは欲しいけど、国のために使ってほしいし、領地はもらったとしても管理できないもの）

財源にも限りがあるのだから安く済んで良かったと思うのが普通だろうに、アスティライト王国の国王は少し変わっているようだ。そんなことを思っていると……。

「ルピナス、隣座っていいか？」

酒が入った瓶を持って現れたキースに、ルピナスは大きく頷いた。

「キース様お疲れ様です！　はい、もちろんです！」

「失礼する。それと、改めて優勝おめでとう」

「ありがとうございます……！」

「いや〜ん二人だけの空気作らないであたしも交ぜてよぉ！　ルピちゃんおめでとおおお！」

「あははっ、マーちゃんありがとうございます！」

ガバっと抱き着いてくるマーチスを、ルピナスは抵抗なく受け入れる。

（あれ、マーちゃんにはドキッとしない……）

決勝戦の前、キースに抱き締められたときは感じたことのない胸の高鳴りがあったというのに、どうしてだろう。

ああ、そうか。きっと戦いの前で高揚していたからだったのか、とルピナスが自己完結をすると、「マーチスさっさと離れろ、吊すぞ」とキースが引き剥がしてくれた。

「いやぁ～ん！　いったぁ～い！」

いつの間にやら頭に三段重ねのたんこぶができたマーチスをルピナスが心配そうに見ていると、キースが話しかけてくる。

「いつものことだ。マーチスのことは気にしなくていい。ところでルピナス。君は酔っていないように見えるが酒が強いのか」

「いえ、一口も飲んでいなくて」

「何故？　君の祝いなのに」

「あーえっと、今まで飲んだことがないので、やめておこうかと」

「皆さんの介抱もありますし」とルピナスは続ける。

前世では酒豪で酔い知らずと言われたルピナスは、介抱だってお手の物なのである。

この国では十六歳から飲酒ができるが、ルピナスの人生では飲んだことがないので、不安というのも多少あるが。

「主役の君がそんなことを心配しなくていい。あいつらは寝かせておけばいいから、そこを心配しているなら一口どうだ」

「あらあらまあまあ！　女の子にお酒をグイグイ勧めるなんてルピちゃん逃げてぇ‼　この男獣よぉ！」

だいぶマーチスも酔いが回ってきたのか、顔が真っ赤になっている。

（けど発言は普段とそう変わらないような……）

つまりマーチスは普段から酔っ払っているのと大差がないということなのか。

ルピナスはなおも騒いでいるマーチスの首根っこを掴もうとするキースに、「足のこともありますので！」と断った。

「――そうだな。怪我をしているから今日はやめて、また今度にしよう。失念していた、悪かった」

「いえ、お気遣いありがとうございます！」

「そういえば怪我といえばぁ、式典が終わってからのキースの行動ったら、ぶぶっ！　ルピちゃんもびっくりしたわよねぇ」

「そ、その話はやめましょう、マーちゃん……！」

しかしルピナスの制止は届かず、しかもキースも助け舟を出してくれず、マーチスは御前試合の最後に行われた式典が終わってからのことを、話し出すのだった。

ルピナスは優勝が決まったあとの表彰式で名誉騎士の称号を授与され、副賞の話も済んだ。

それから国王からの有り難い話が終わり、ルピナスは第一騎士団が待機している場所まで戻って行った。

「おめでとう！」

「良くやった！」

「優勝すると思ってた！」

一同から称賛の声をかけられたルピナスが頬を綻ばせると、突然キースが近付いてきた。その直後、ふわりと浮遊感を覚えたのだった。

──これが、式典直後の出来事である。

キースにお姫様抱っこをされたことを思い出すと、ルピナスはなんだか居た堪れない気持ちになる。

「怪我を悪化させないためとはいえ、急にお姫様抱っこするんだもぉん！　あたしもう胸がキュンってて……ギュンってしちゃったわよぉ‼　あ〜お酒が美味しいわねぇ‼　うはは っ！！！」

「ま、マーちゃん飲み過ぎでは……？」

「放っておけ。二日酔いで苦しむのはあいつだ」

冷たく言い放ったキースだったが、マーチスが気が付かないようにお酒を水で割るあたり、多少は心配しているのだろう。

（さすがです、キース様）

それにしても、とルピナスはキースの姿を横目でじいっと見つめる。

度数が高い酒をまるで水を飲むかのように飲んでおり、顔も声も態度も、一切酔っ払っている感じがしない。

相当酒に強いのだろう。というか、そもそもルピナスはそこを感心しているのではなく。

(あんなに幼かったキース様がお酒を嗜《たしな》まれて……なんだか感動しちゃう)

これは少し親のような感覚だろうか。もちろん口に出すつもりはないが。

『お酒って美味しいの？　大きくなったら一緒に飲んでくれる？　約束だよ！』

前世で、フィオリナが酒の素晴らしさを語ったとき、そんなふうにキースが話していたことを思い出す。

あのときの約束を、フィオリナとしては果たせなかったが、ルピナスとしては果たせると思うと、先程までの決意が揺らいでしまいそうだ。

ルピナスはキースを見ながら、テーブルの上に置かれた先程まで飲んでいたはずの水の入ったグラスへと手を伸ばす。

(ま、飲まないけどね。怪我してるし――)

「おいルピナス、それ」

「えっ？」

――ゴクン。

「……っ？」

喉が焼けるように熱い。

(あれ？　この味……お酒？)

どうやら、グラスを間違えたらしい。

前世ではこれがたまらなく好きだったけれど、どうやらルピナスには合わなかったようだ。

「――酒が入ったグラスだ……って、おい‼」

ぐわり。ルピナスの頭がキースの方向に勢い良く倒れる。

「大丈夫か」と焦った声色のキースの顔には心配が滲み出ていて、ルピナスは真っ赤な顔をして、へにゃりと笑ってみせた。

「きーしゅ、しゃま、ふたりいる、ふふ……」

「⁉　一口で酔い過ぎだろう……！」

キースの声が煩いような、心地いいような、不思議な感覚があるけれど、どうにも思考がふわふわしてしまって纏まらない。それに、急に襲ってくる睡魔に抗えそうになかった。

こてん、とルピナスはキースの肩に頭を預けた。

「ね、むい、れす……」

「……っ、ここでは寝るな。部屋まで連れて行ってやるから」

そうして、ルピナスはキースに本日二度目のお姫様抱っこをされて、自室へと連れて行かれたのだった。

自室に戻り、キースに優しくベッドへ降ろされると、ルピナスは首をかくんかくんと揺らしながらも、ベッドサイドに用意してあった着替えへ手を伸ばす。どれだけ酔っていようと、眠たかろうと、まさに習慣が為せる行動だった。

「着替えて早く休め。明日は休みだからゆっくり――って、待て！　どうして俺がいるのに脱ぎ出すんだ！」

「ふへへへへへへへ」

顔を赤くして、無防備な笑みで服を脱ごうとするルピナスに、キースは呆れと自然に昂りそうになる欲情によって熱い吐息を漏らす。

酔っ払いには何を言っても無駄だということを知っているキースは、ふるふると首を横に振って、そのまま部屋を出ようとルピナスに背を向けたのだが。

――ガコン‼

背後で大きな音がした。

「⁉　今度は何だ……‼」

頭でも打っていたらまずい。ルピナスの肌が見えてしまうかもしれないが、そんなことよりも今は安全確認が必要だ。

どうせ無事かと聞いても酔っ払いからまともな答えが返ってくるわけはなく、キースはあまりルピナスの体を見ないよう気を付けながら振り向く。

「――――そ、れ」

壁際のベッドの近くにある窓のカーテンは、開いたまま束ねられている。

そこから月明かりが差し込み、騎士見習いの隊服の下に着ていたワイシャツを二の腕あたりまで脱いだルピナスの体を照らしていた。その姿を視界に捉えたキースのグレーの瞳の奥が、ゆらりと揺れた。

「――――どう、して」

第七章　傷跡が、絆だった

カーテンが開いているためか、朝日が容赦なく差し込んでくる。

頭がジーンと重たく、前世では酔っ払った経験がないルピナスは、これが噂の……と一つ経験が増えたことに感慨深さを感じながら、薄らと目を開ける。

どうせなら、酔っ払ったときのことを全て忘れていたかったと思いながら、昨日の失態を思い出した。

（間違ってお酒を飲んで、キース様にまたお姫様抱っこをさせて部屋まで運んでもらって、しかも目の前で服を着替えるわ、眠た過ぎて頭をベッドの角でぶつけて心配されるわ……そこからはびっくりするくらい記憶にないけど）

脱ぎかけだったはずのワイシャツのボタンが留められていることから察するに、風邪を引くからとキースがやってくれたのだろう。

騎士団長であり、前世では護衛対象だった彼に醜態を晒した上、酔っ払いの介抱までさせてしまったことが申し訳無くてルピナスが項垂れると、そういえば足元が重たいことに気が付く。

「…………。えっ⁉」

そしてごろりと寝返りを打てば、ルピナスの足元――ベッドの端にキースが腰かけていて、ルピナスは飛び起きた。

「……起きたか」

「お、おお、おはようございますキース様‼」

（どうしてここに⁉）

いや、昨夜はキースが部屋に連れてきてくれたことはもちろんはっきりと覚えているのだが、眠ってしまった後はキースは部屋を出て行ったものだと思っていた。

まさか眠っているルピナスでは部屋に鍵をかけられないから、用心棒として留まってくれたのだろうか。

（な、なんてお優しい‼　お優し過ぎませんかキース様‼）

ルピナスは勢い良くベッドから降りると、体を折り畳むようにして深く頭を下げた。

「昨夜は本当に申し訳ございません‼　大変ご迷惑をおかけいたしました‼」

「…………」

（ヒィィィ！　無言！　これはさすがに怒っていらっしゃる……‼）

今世でも、キースはルピナスに対して贔屓《ひいき》目なしでも優しかった。

しかし度重なる醜態を見せられ、キースが怒るのも無理はない。

ルピナスは本気で申し訳無いと思いつつ、少しだけ顔を上げてちらりとキースの顔を覗き込んだ。

（どうして……何でそんな、泣きそうな顔を……）

その顔は、前世で最期に見たキースの表情に酷似している。あのときは泣いていたけれど、表情は今と同じように、見ていられないくらい痛々しかったから。

「キース様……？　どうかされたのですか？」

怒っているのとは程遠いそんなキースの表情に、ルピナスはおずおずとそう問いかけた。

すると、キースはベッドに腰かけたまま、右手をそっと伸ばしてルピナスの手首を掴む。

まるで壊れ物を扱うように、それは優しかった。

「――どうして、言わなかった」

「え……？」

何のことか分からず、ルピナスは明確な答えを発することができない。

キースの震えた声が、ルピナスの鼓膜を震わせた。

「君は、フィオリナなんだろ」


キースは物心がついたときから、母に虐げられていた。

父や兄にバレないように使用人にはしっかりと他言無用と釘を刺して、少しでも気に入らないキースの専属護衛は頻繁に辞めさせていた。

歳の離れた前妻の子よりもキースが優秀であれば、夫である公爵から愛されると思い込んだ、そんな愚かな考え方が原因だった。

そのため教育や躾という名の下、食事を抜かれたり、頬を叩かれることはよくあった。

一日ずっと勉強を強制され、眠ることさえ許されない日もあった。

遊んでいたら叱責され、金切り声で怒鳴られたことは、一度や二度じゃない。

そんなときだ。フィオリナが専属護衛騎士となり、キースの側にいるようになったのは。

フィオリナは、他の騎士たちとは違った。

『もっと自由に生きてもいいのです。微力ですが、私がお支えしますから』

キースを外に連れ出して遊びの楽しさを教えてくれたり、寂しい夜は添い寝をしてくれたり、弱音を吐いてもきちんと聞いてくれたり、将来の話をしたり。――キースが少しでも笑っていられるようにと、フィオリナは騎士の立場から一歩超えて、身体だけでなく心も守ってくれたのだ。

『フィオリナ、絶対に僕の護衛騎士を辞めないで……約束して。僕、これからもずっとフィオリナと一緒にいたい』

『……もちろんですキース様。貴方が望む限り、私はあなたのお側におります』

だから、フィオリナが母の虐待を止めず、むしろ母と友好的な関係を築くことに、キースは一切の不満はなかった。

むしろフィオリナのそんな行為は、ずっとキースの側にいるためだということを知っていたから。ときおり見せるフィオリナの曇った表情から、フィオリナも傷付いていることを、キースは知っていたから。

フィオリナが側にいるようになってしばらくは、キースの中でまだフィオリナは歳が離れた姉のような存在と言えただろう。

けれどそれは徐々に変わっていった。

フィオリナが護衛騎士になってから一年が経とうとする頃までは、『これ』といったことはなかったように思う。

しかしフィオリナの笑顔を見ていたら、名前を呼ばれたら、抱き締められたら、ある日ふと、ストンと腑に落ちたのだ。

『僕、フィオリナが好きだ』

『ふふ、ありがとうございます。私も大好きですよ、キース様』

(僕とフィオリナの好きは、多分違う)

フィオリナを絶対手放したくない、他の男に笑いかけてほしくない。そんなドロドロした感情と、この笑顔をずっと見ていたい、彼女が守ってくれるように、僕もフィオリナを守りたい、そんなキラキラとした感情が、キースの中で生まれたのだ。

だからキースは、頻繁にフィオリナに好きだと伝えた。

けれど年齢のせいか、立場のせいか、フィオリナが鈍感だからか、全く相手にされない。まるで弟を見るように自分を慈しむ目が、憎くて堪らなかった。

それに一番気に入らなかったのは、ときおりフィオリナの話の中に出てくるセリオン――王弟であり、キースの伯父にあたる存在のことだ。

フィオリナは一切何とも思っていないのだろう。求婚されても、冗談だと言っていましたからと全く意に介していない。

(絶対、フィオリナに気があるでしょ、伯父上)

恋を知り、そんなふうに嫉妬の感情を知ったキースだった。そんな中、フィオリナが専属護衛騎士になって二年という頃にその事件は起こった。

その日の空は厚い雲に覆われていた。

約二年ぶりに腹違いの兄が留学から帰ってくるため、屋敷内は全員大忙しだった。

キースも普段より格式の高い装いに着替えさせられ、両親とともに兄を出迎えた。

そしてその日は久しぶりに家族揃って食事をとった。

その夜、事件は起こったのだ。

『何よ長男《あの子》!!　自分は優秀ですって自慢したいわけ!?』

『お、お母さ――』

『私がこんなふうに惨めな気持ちになるのも、全部お前が愚図なせいよ!!』

そう言って、母はキースの頬を叩いた。二年ぶりに会った成長した長男を見たことで前妻への劣等感を刺激され、そんな長男を自慢だと話す公爵の言葉が、引き金となったらしい。

『あーー……イライラが収まらない……、ちょっとお前、それを貸しなさい』

そう言って母は、自身の護衛騎士である男の腰あたりを指差した。

『お、奥様……さすがにこれは……』

『煩いわよ!!　私の言うことを聞かないなら、お前の一族を一生不幸にしてやるわよ!!』

その者にも大切な家族がいたのだろう。母の護衛騎士は、指示されたとおりにおずおずと剣を手渡した。

危険を察知したフィオリナは、キースの前に出る。さすがに刃物を持った人間を前にして、見過ごすわけにはいかなかったから。

『フィオリナ……っ』

『大丈夫です。お守りいたします』

キースの震える声にフィオリナが答える。

『フィオリナそこを退きなさい……‼　その愚図はちょっと痛い目を見ないと分からないのよ‼　退かないいなら――』

そうして母は扱ったことのない剣を両手で持ちながら、自身の近衛騎士に目配せをして、大きな声で言った。

『さっさとフィオリナをそこから退かせなさい‼　これは命令よ‼』

『……っ、は、はい……！』

いくら剣を持っているとはいえ、相手は貴族、しかも護衛しているキースの実の母親だ。フィオリナは得意の剣を抜くわけにはいかない。丸腰のままキースの盾になっていた。

公爵夫人の護衛騎士は、キースを剣から守ることに気を取られていたフィオリナの前まで行くと彼女の鳩尾を殴って横に倒した。

それからフィオリナの身体に馬乗りになり、『俺は悪くない……俺は悪くない……』と現実逃避するかのようにボソボソと呟いた。

フィオリナは抵抗したが、体格差があるため直ぐに拘束から抜け出すことは叶わなかった。

『キース様……！　急いでお逃げください‼　早く……‼』

それなら逃がすしかないと、フィオリナは大声で叫ぶ。

けれど母の悪魔の囁きに、キースはその場から一歩たりとも動くことはできなかった。いつもの金切り声ではない穏やかな声色だからこそ、それは数倍恐ろしく聞こえた。

『キース、これも全て愚図なお前が悪いのですよ……もしも今逃げたら、そこの女は殺してしまいましょう』

『や、やめてお母様……っ、フィオリナには何もしないで……っ』

『ええ、いいわよ？　お前が少し痛い思いをしてきちーんと反省すれば、優しい母は許してあげますからね？』

『っ、キース様逃げてぇぇぇぇ‼』

穏やかな声色に反して血走ったキースの母の瞳。――壊れている、とキースも肌で感じ取ることができた。

けれど恐怖で足が竦んで動けない。そのまま剣が振り下ろされ、キースは力強く目を瞑った。

（あれ……？　痛く、ない）

それどころか、何か温かいものに包まれているのだ。キースは目を開けなくても自分が何に包まれているか分かった。だってこの感触に、温もりに、匂いに、何度も何度も、救われてきたのだから。

『フィオ、リナ……？』

『ご無事、……っ、ですか……？　キース様……っ』

騎士の男を蹴り飛ばしたのか、何か特殊な体術を使ったのか、目を瞑っていたキースには分からなかったけれど、フィオリナが庇ってくれたことだけは嫌でも理解できた。

目を開けるとキースの視界を遮るようにフィオリナの上半身がすっぽりと彼を包んでいた。唯一視界が開けた足元に視線を移す。

そしてそこで、信じられない量の真っ赤なそれを見ることになる。

『血が……っ、フィオリナ、血がぁ……‼』

『……っ、ぅ……っ』

膝からかくんと崩れ落ちたフィオリナの左肩には深い傷があり、それは首あたりにまで続いている。

痛みはもちろん、大量の血が一気に失われているからか、フィオリナはキースにもたれ掛かるようにして浅い息を繰り返した。

『そん、な……嘘、だよね……フィオリナ……っ』

キースの言葉と同時に──キン、と剣が床に落ちた音が響く。

素人で力加減が分からなかったこともあるが、さすがに母もここまで大事にするつもりはなかったのだろう。後退りして、ぺたりと床に座り込んだ。

そしてそのとき、公爵と長男が部屋に入ってきた。キースの部屋からただ事ではないと分かるほどの叫び声が聞こえたことで、使用人もまずいと思ったのか、彼らを呼んできたらしい。

状況的に、キースの母がキースに危害を加えようとして、それをフィオリナが庇ったということは一目瞭然だった。

それからは早かった。公爵の指示により、直ぐさまキースの母と、蹲《うずくま》っている騎士の男は身柄を拘束され、医者が呼ばれた。

しかし医者曰く、フィオリナの肩から首にかけての傷はあまりに深く、出血量も多いため、もう助からないとのことだった。

涙で視界が霞むくらいに、キースは泣きじゃくった。

顔が薄らと青白くなり、もう目を開けるのもやっとなフィオリナを見つめると、『キース様』と口が開いた。

『これからはお側に、いられないみたい、です……約束、破ってごめ、なさい』

『ごめん……っ、僕を……僕を庇ったから……っ』

キースに掴まれた手を弱々しく握り返したフィオリナは、小さく微笑む。

『け、ど、やっと守れた……っ、やっと、キース様をお守り、できました』

そんなことない。フィオリナはずっと、ずっと守ってくれていた。そう伝えたいのに、キースは上手く言葉が出てこない。

『嫌だよぉ……！　フィオリナ死なないでぇ……っ‼』

代わりに、そんな言葉を吐き出した。まだ幼いキースには、死にゆくフィオリナを安心させてやるほどの余裕はなかったのだ。

泣きじゃくるキースに、フィオリナは最期の笑顔を見せた。もう眠ってしまいたいけれど、こんなに泣いているキースをそのままにしておくなんて、できなかったから。

『これ、から、できなかったこと、いっぱい、してください、わたしがいなく、ても……っ、もう、大丈夫、です。最期に、キース様を守れ、て、わたし、は、しあわ、せ……でした、だから、キース、様も、どうか――幸せに、なって、ください。約束、ですよ』

――フィオリナが死んだら、幸せになれるはずなんてないのに。

そんな残酷な約束だけを残して、フィオリナは息を引き取った。

それから、身寄りがないフィオリナの遺体は騎士団ではなくセリオンが引き取り、彼が主導して埋葬されることになった。

生前、二人が親しい友人だったことは周知の事実だったので、それはすんなりと認められた。

キースといえば、フィオリナが亡くなってから少しの間は、絶望で何もする気が起きなかった。

父と兄は何があったのか説明をするよう言ってきたのだが、愛する人を自分のせいで死なせてしまったキースは、事件のことを口に出すのが怖かったのだ。

『これ……フィオリナの日記……？』

フィオリナが亡くなってちょうど一週間が経った頃、公爵邸のフィオリナの部屋で、キースはとある日記を見つけた。

（フィオリナは、何を書いていたんだろう……）

勝手に見るのは悪いと思いつつ、キースはそれをペラリと開く。

そして所々、涙でよれた跡のある日記を見て、キースの瞳から溢れ出した雫も、その日記を濡らした。

その内容の殆どはキースがどんな目に遭ったのかが書かれており、毎日、日記の最後には必ず『助けてあげられなくて悔しい』『これが役に立ったなら』『私が代わってあげられたらいいのに』『キース様を、どうやったら幸せにしてあげられるだろう』と、そんなことばかりが、書いてあったから。

──ああ、泣いていちゃだめだ。フィオリナは、そんなことを望んでいない。

キースは自身の拳で、乱雑に涙を拭う。

（……フィオリナはいざというとき、これが証拠の一つになればと思って、僕の将来を願って、泣きながらこれを書き記したんだね……）

フィオリナはいつだって、キースの幸せを、幸せな未来を願っていた。

（ごめんね。フィオリナが居ないと、僕はやっぱり幸せにはなれないよ。けどね）

フィオリナは命を懸けて守ってくれたのだ。自分が死ぬような状況なのに、キースを守れて幸せなんて、愚かなほどに優しい言葉を呟いて。

だからキースは、この命を大切に大切に生きなければと、強く思う。

（──僕、騎士になるよ。もう守ってもらうだけじゃ、嫌だから。もしもまた出会えたら、絶対に次はフィオリナを守れるくらい、強くなるから。フィオリナが僕を守ってくれたように、僕も…………そうしたら、フィオリナ……僕がそっちに行ったら、君は笑ってくれるかな）

キースは両頬をバァン！　と力強く叩いた。フィオリナがよくやっていた、気合を入れる必殺技だ。

そうしてキースは、衣服の乱れを直して、父に今までのことを全て話した。信じてもらえないかもと不安だったことも、フィオリナがずっと支えてくれていたことも、彼女のような騎士になりたいことも。

それからキースの母は公爵邸が所有する辺境地にある、とある屋敷で生涯を過ごすことになった。

表向きは病気療養のため。世間に事実が明かされることはなかったが、彼女は屋敷の外に出ることは許されず、死ぬまで騎士に監視され、愛する公爵にも会うことは叶わない。もちろん、キースにもだ。

王族の籍から除籍にしなかったのは、被害者であるキースまで王位継承権を失うことになるからと、セリオンが裏で手を回したらしかった。

フィオリナを拘束しようとしたキースの母の専属護衛は騎士資格を剝奪され、ハーベスティア公爵邸の人々は少しずつ、平穏を取り戻していった。

◇　◇　◇

そして、キースは念願の騎士になり、ついには騎士団長にまで上り詰めた。

あの事件以降、女性騎士がいなかったこともあり、当時フィオリナが暮らしていた部屋はそのまま誰にも使われることはなかった。だからキースは新人騎士の頃から、暇さえあればフィオリナの気配が残るその部屋に顔を出していた。フィオリナがいたことを、少しでも感じていたかったから。

『フィオリナ、もう君が居なくなってから十八年も経った』

窓を開け、生暖かい風を肌で受ける。まるで包み込むようなその風はフィオリナのようで、キースは独りで泣きそうになるのを堪えて笑った。

『あんなに泣き虫だった俺が騎士団長だなんて、フィオリナは驚いているだろうな。それとも、……凄いねって褒めてくれるだろうか』

もしも今、フィオリナが生きていたら、同じ騎士として働いていたのかもしれない。隣で、笑いかけてくれたかもしれない。

——そんなのは夢物語だと分かっていても、キースは毎日そんなことを考えた。

一日だって、フィオリナを忘れたことなんてない。

キースにとってフィオリナは、救世主であり、英雄であり、何より、心から愛した人だから。

『俺はフィオリナ以外の女性を愛するつもりはない』

——君だけを愛して、君が誇りに思っていた騎士の仕事を全うして、君に褒められるような男になって、そして死んでいくから、それまで少しの間、待っていてほしい。

死ぬまで、フィオリナだけを愛するから。

そう、本気でキースは思っていたのだ。本気でそう思っていたのに。

あの日、ルピナスとの出会いが、キースの運命を大きく変えた。

『私が魔物をどうにかします！　貴方は倒れている彼を連れて距離を取ってください！』

華奢な体でそう叫んで、鮮やかな剣技で魔物を倒した少女――ルピナス。

自身の身体を晒すことに一切の躊躇もなく、怪我をした団員の治療に当たるルピナスに、キースはフィオリナがいなくなってから初めて、異性に興味を持った。

『あの、もう毎日辛い思いをして泣いたりは――』

出会って直ぐにそう尋ねられたときは、突然何を聞くのかと思った。強くて不思議な令嬢というのが、第一印象だった。

けれど、それから見習い騎士になったルピナスのことを、何故かキースは気にかけてしまう。マーチスにからかわれたときも、しっかりとその自覚はあった。

――フィオリナだけを愛すると決めたのに、どうして気になるのだろう。

(俺はフィオリナだけを愛している。彼女のことは、傷物令嬢と呼ばれていることに同情して――そうだ。これは同情だ)

そう思おうとしていたのに、入団初日、団員の一人が傷物令嬢と呼ばれていることに触れたときのルピナスの言葉に、キースは胸を打たれた。

『今はこの傷が嫌いじゃないんです。これも私の一部で、これが私だから』

――自分だったら、あんなふうに堂々としていられるだろうか。ああ、なんてルピナスは格好いいのだろう。

キースはルピナスに憧れに近いような感情を持ち、無意識に目で追うようになっていく。

そして、キースの感情を揺さぶる出来事がすぐに起こった。

『どうしても、放っておけなかったんです。一方的に傷付けられていたあの子を、一秒でも早く助けてあげたかった。もう大丈夫だよって、安心させてあげたかった。――見て見ぬふりなんて、できませんでした』

――メイドを助けるため、大の男を相手に立ち向かい、そう語るルピナスの真っ直ぐな声を、吸い込まれそうなほど揺らぎのない瞳を、その愚かなほどの優しさを、他の人に知られたくないと思った。

『……………やっぱり、マーチスと来させないで良かった。この顔は、他の奴にあまり見せたくないな』

『王弟殿下は、昔から冗談がお好きなようで』

『会うときは二人きりでは会うな。できるだけ俺を呼んでくれ』

だからだろうか。恋人でもないのに、キースは嫉妬をした。

生涯フィオリナだけを愛すると決めたのに、ずっとそう思ってきたはずなのに。

いとも簡単にルピナスに心を奪われそうになることに、キースの中に恐怖に似た感情さえ芽生えたほどだった。

（もし、ルピナスがフィオリナの生まれ変わりだったなら――）

そんな夢みたいなことも考えたけれど、直ぐさまキースは頭を振った。そんな都合のいいことは、起こるはずがないのだからと。

　そもそも、誰かに誰かを重ね合わせるなんて失礼ではないかと、そう自身に何度も何度も言い聞かせて。

　――けれどそんなとき。

　酔い潰れて服を脱ぎかけたルピナスの左肩を、キースは見てしまったのだ。

　醜いと称されても、傷物令嬢と揶揄されても致し方ないと思うくらいに痛々しいその傷跡は、フィオリナがキースを庇ってできた傷と、あまりに酷似していた。

（まさか――）

　一度はあり得ないと思おうとしたのに、もしもの可能性が捨てきれないキースは、酔ったルピナスに問いかける。

『ルピナス、その傷は、どうやってできた』

　生まれつきだと、そう言うに決まっていると、思っていたのに。

『この傷は、ですね……ふふ、とても大切な方をお守りしたときのもの、なのです。私にとって、誇りであり、勲章……です』

『………その大切な人の名は』

『……あははは、そんなの、キース様に、決まってます』

　それは、ルピナスがフィオリナの生まれ変わりであることの証拠だった。

（そんな……はず、いや……だが俺は、どこかでそうであることを期待していた。――それに）

キースはルピナスに対して、いくつも思うところがあった。

『あの、もう毎日辛い思いをして泣いたりは――』

『女の子扱いされると、どうにも顔を隠してしまう癖がありまして』

『またその距離の取り方。護衛するつもりか？　騎士団長の俺のことを』

『女友達を作るのが夢だったので、夢が一つ叶いました』

度々、記憶の中のフィオリナと、目の前にいるルピナスが重なっていた。特に、剣を扱っているときの動きなんて、瓜二つだった。

（もっと早く、ルピナスがフィオリナの生まれ変わりだと気が付けたはずなのに）

そんな後悔が込み上げてくるけれど、穏やかに眠っているルピナスを見ていると、負の感情が少しずつ薄れていく。

キースは眠りこけてしまったルピナスのワイシャツのボタンを丁寧に閉じてから、彼女の小さな手を優しく摑んだ。

「もう絶対に、先に死なせない。これから何があっても、俺が君を守るよ――ルピナス」

月明かりに照らされた部屋で、ルピナスの手の甲に、そっと口づけを落とす。愛している、と泣きそうな声で囁いた。


――どうしてバレてしまったのか。

ルピナスはキースに手首を摑まれたまま、一瞬言葉を失くした。

（どうしよう……どうしたら誤魔化せる）

昨夜、途中から記憶がないので、フィオリナだということを口走ってしまった可能性はなくもない。

けれど、まずは知らないふりをするのが一番だろうと、ルピナスは焦りを隠して、へらっと笑ってみせた。

「フィオリナとはどなたのことでしょう？　私は――」

「昨夜肩の傷を見た。君自身が俺を守ってできたときのものだと言ったんだ」

「…………！」

泣きそうな顔をするキースは、到底嘘をついているようには思えない。

キースに辛い記憶を思い出させないために隠すつもりだったが、ルピナス自身、フィオリナだったときのことを連想させるような言動をした覚えがあるので、もう潮時なのだろうと悟った。

ルピナスは片膝を突いてベッドに座るキースを見上げると、眉尻と目尻を下げる。

「キース様……お久しぶりです。フィオリナです。……ご立派に、なられましたね」

「……っ、」

「……わっ、キース、様、ちょっ――」

勢い良くキースも床に降りてきたと思ったら、ルピナスは力強く抱き締められていた。

フィオリナのことを『大切な人』と言ってくれていたことを覚えていたので、キースは許してくれるだろうと、ルピナスは「失礼いたします」と言ってから、背中に腕を回す。

十八年前とは違う大きな背中に、ルピナスはキースの成長を、改めて心の奥底から喜んだ。

「どうして、言わなかったんだ」

「……私のことを伝えたら、喜んでくださるとは思いました。けれど同時に、当時の記憶も思い出してしまうやもと、……キース様を苦しめたく、ありませんでした。申し訳ありません……」

「……っ、本当にルピナスは愚かなほどに優しいな」

そう言ったキースの腕の力が強まる。痛くはないけれど、絶対に離さないという意思が伝わってくるその力強さに、ルピナスは目を閉じた。

すると、キースの身体が僅かに震えているのが伝わってきた。その意味を理解すると、ルピナスは心臓を鷲掴みにされたように苦しくなる。

「悪い、俺、泣き虫は卒業したんだ。本当に」

「……っ、はい」

「もう君を心配させたくなくて、強くなった、つもりだったのに……俺のせいで、死んだ君が、今、ルピナスとして生きていると思うと……っ」

涙するキースはまるで、八歳の頃に戻ったようだ。

――当時、八歳のキースはフィオリナを失って、しかも自分を庇って死んでいったなんて、どう思っただろう。

自分を責めたかもしれない。いや、キースなら間違いなく責めたに決まっている。

（私は馬鹿だ。そんな簡単なことが分からなかったなんて。早く打ち明けて、大丈夫だからって

伝えるべきだった）

ルピナスはキースの体に回した手で、大丈夫だよ、というようにポンポンと背中を叩いた。

それに伴い、キースは少し落ち着きを取り戻す。

「……なあ、ルピナス。君はもうルピナスとして生きていることは分かっているが、少しだけ、フィオリナと呼んでもいいか……？　ずっと、伝えたかったことがあるんだ」

「はい、もちろんです」

目覚めてから一度しかフィオリナと呼ばなかったことから、キースがルピナスとしての人生を尊重しようとしてくれていることは、ルピナスにも分かっていた。

それにフィオリナはキースのその後を見届けることなく死んでしまったので、彼のことがずっと気になっていたのだ。

「フィオリナが命をかけて庇ってくれたから、俺はあれから母と会うこともなくなって、自由を手に入れた」

「……っ、はい」

「それからはフィオリナに少しでも近付きたくて、君と同じ景色が見たくて、強くなりたくて、騎士を目指したんだ。もう、大切な人を絶対に死なせたくなかった」

「そう……だったんですね……」

（キース様が騎士を志したのは、私の影響だったなんて……不謹慎だけれど、嬉しい）

それに、キースの表情から母親との決別には悔いがないように見える。

フィオリナが死んでからキースがどうなったか不安だったのでホッと胸を撫で下ろすと、キースが辛そうに表情を歪めた。

「――俺が、もっと早く父に母のことを打ち明けていたら、フィオリナは死ななかったかもしれない。俺の勇気がなかったせいで……ごめん」

「それは違います……！　私はやっと、やっとあのとき、キース様をお守りできたのです！　ですから――」

「それは違うよ、フィオリナ」

キースが抱き締めていた腕をやんわりと解いて、至近距離で見つめ合う。

縋るような瞳に、ルピナスは一瞬息をするのを忘れてしまった。

「フィオリナはずっと、出会ってからずっと、俺の心を守ってくれていた。君が死ぬ間際、言えなかったこと、今言わせて。……フィオリナ、ずっと俺を守ってくれてありがとう。――フィオリナ、君のことがずっと、好きだ」

「……っ、もしかして、キース様がずっと好きだった方って……」

ルピナスの反応に、キースは一瞬面食らう。けれどフィオリナが恋愛ごとに鈍感だったことを分かっているキースは、「やっぱり鈍感」と、ほんのりと笑った。

「俺がずっと好きなのは、愛しているのは、君だ――フィオリナ」

「……えっ、あ、えっ⁉」

一度は考えもしたが、あり得ないだろうと否定したその答えに、ルピナスの顔は羞恥に染まる。

こうもはっきりと口にされては、冗談でしょう、なんて思えなかった。

『フィオくんと言うのですね！　素敵なお名前です……！』

『愛する人から取った名だ』

『俺の好きな人は、もう死んでいるんだ』

（あれが全部、私のことだったなんて……）

いくら恋愛ごとに疎かろうと、少なくとも十八年間思い続けてくれたキースの感情を勘違いだなんて言葉で片付けられない。

ルピナスは恥ずかしさで俯いてしまいそうなのを、自身の両頬を叩くことで活を入れて耐えた。

そんなルピナスの姿に、キースは堪らず愛おしそうに笑みを零す。

「ありがとうございます、キース様。そんなふうに思っていただいているなんて知らなくて、正直、驚いています」

「ああ。そうだろうな」

「けれど、その……嬉しいです。私を愛してくださって、ありがとうございます」

「……うん。やっと、伝えられた。聞いてくれてありがとう、フィオリナ。――これでやっと、ルピナスと向き合える」

「……？　と、言いますと？」

フィオリナならば分かるが、何故そこでルピナスと向き合う必要があるのだろう。

いまいちピンとこなかったルピナスだったが、とりあえず座り直しませんか、と言って、二人でベッドに腰を下ろす。

離れていたのが不安だったのか、隣に座っても、骨ばった手を重ね合わせるように伸ばすキースに、すっかり平常心に戻ったルピナスは、その手を迎え入れた。

（いくらフィオリナが死んだと言っても、その記憶があるルピナスには、昔みたいに甘えたくなるよね）

そう思っていたからこそ、ルピナスは平然としていたというのに――――。

「――ルピナス、好きだ」

キースから発せられた言葉に、ルピナスは再び息をすることを一瞬忘れてしまったのだった。

（そんな、嘘、でしょ……？）

キースの言葉をそのまま受け取るのならば、それは前世のフィオリナだけでなく、ルピナス自身も好きだと言っているように聞こえる。

傷物令嬢だと揶揄される、騎士見習いのルピナスのことをだ。

――いや、そんなはずはない、勘違いだ。ルピナスはそう思ったけれど、口になんてできなかった。

キースの熱を帯びたグレーの瞳が、ルピナスのことを大好きでしょうがないと告げているのが、嫌でも分かってしまったから。

「……っ、その、またもや突然のことで頭が追いつかない、と言いますか。それに私は今、フィオリナではなくルピナスで――」

「もちろん分かっている。……だが、信じてほしい。俺はフィオリナしか愛する気はないと言っておきながら、君が前世のフィオリナだと分かる前から、ルピナスに惹かれ始めていた」

「自分自身でも怖くなるくらいに」と、そう言ってキースは、ルピナスの肩に落ちたハニーブラウンの髪の毛を一束掬う。

今思えば、確かにキースは初めからルピナスに優しかった。

何かと気にかけてくれて、剣技の腕を信じてくれて、心配してくれて、王宮の外に連れて行ってくれて、甘い言葉だって囁かれた。

誰にでもそんなことをする人が、『氷の騎士様』だなんて呼ばれるはずはないのだ。

（前世の私も今世の私も、本当に好きだと思ってくれているのが分かる……嬉しい、けれど）

そんなキースに対して、自分も真摯に答えなければと、ルピナスは口を開く。

「お気持ちは、とても嬉しいです。けれど、私の中のキース様はまだ子供の姿で止まっている部分もあって……恋愛経験もないですし、その、そういう目で見ていなかったと言いますか……」

ああ、恥ずかしい。キースに聞こえてしまうのではないかというくらいに心臓が激しく鼓動し、前世でも今世でも恋愛の『れ』の字も知らなかった自分にルピナスは後悔した。

だってこんなの、心臓がもちそうにない。

すると、キースは嬉しそうに、蕩けるような笑顔を向ける。

「……謝らないでくれ。分かってもらえたなら、ひとまずそれでいい。初めから長期戦は覚悟している。だが、もう一度だけ言っておく。――ルピナス、好きだ。一人の男として、君を愛している。結局俺は、何度でも君を好きになるんだろうな」

「……っ」

（そういえば、以前キース様に抱き締められたときも、こんなふうにドキドキしたっけ）

あのときは試合前で気持ちが高揚していたからだと思っていたルピナスだったが、今は、間違いなくキース自身にドキドキさせられていると認めるしかない。

「ルピナス、これからは俺のことを男として見てくれないか」

だから、縋るような瞳でこんなことを言われたら、頷く他なかった。

「……っ、はい。分かりました。善処いたします」

「ありがとう。なら俺は、好きになってもらえるように努力をしよう」

ちゅ、と掬い上げたルピナスの髪の毛にキースが口づけを落とす。

「〜〜っ」

ルピナスはカアッと顔を紅潮させると、恥ずかしさに耐えきれずにキースから視線を逸らした。

（……なんだか知らない男の人みたい）

ルピナスが内心そんなことを考えていると、キースがおもむろに口を開く。

「——というより、必ず好きにさせる」

「えっ」

「ルピナス覚えてるか？　昔、最期の瞬間にした約束のこと」

告白されたばかりでまだ動揺していたが、ルピナスはキースの質問に意識を移した。

最期のあのときのことは、今でもはっきりと覚えている。

「幸せになってください、と」

「……ああ、そうだ。だから、さっさとルピナスが俺に惚れてくれると嬉しいんだが」

「は、はい⁉」

「そんなに驚くことか？」と言いながら、薄らと目を細めるキース。

つまるところ、相思相愛にならないと幸せになれないと言っているわけで、ルピナスは「え⁉」やら「んん⁉」やら、素っ頓狂な声を上げる。

キースはそんなルピナスのペースに合わせることなく、畳みかけるように問いかける。

「確か、自分より強い人と結婚したいって言っていただろう？　俺ならその条件、当てはまってると思うんだが」

「あああ、あれは適当に――」

「それに昔、一緒に結婚しようって言ったら、いいよって言っただろう？　それなら早く俺の奥さんになってくれ」

「⁉　あれは意味が違いますから‼　って、待ってください！　今日はひとまず分かるだけでいいって……！」

どうやらルピナスは一杯一杯だったらしい。

顔が取れそうになるくらいにぶんぶんと頭を振るルピナスの反応に、キースはくつくつと喉を鳴らして笑った。

至極楽しそうに、そして愛おしそうにルピナスを見つめる。

「……っ⁉　キース様、からかっていますね⁉」

「少しだけな。まあ、わりと本気だが。ルピナスが構わないならすぐに入籍して、妻になってほしい」

「なっ、つつつつ、つま⁉」

「ああ。……ふ、そんなに焦って、可愛いな」

それは前世を含めて、あまりにも聞き覚えのない単語だった。

ルピナスは「もう無理です！」と両手を上げて降参の意を示してから、キースに握られた手から逃げるようにして、自身の顔を両手で覆い隠す。

本当は脱兎の如く、走り出したいくらいには恥ずかしかったけれど、それをしなかったのは、きっと。

（困った……こんなふうに何度もキース様に愛を囁かれたら、心臓が止まる。けど、嫌じゃないから、余計に困る……！）

「くっ……！　なんのこれしき……！」と独り言を言いながら恥ずかしがるルピナスを、キースは幸せそうに見つめていた。

それからしばらくして、「そういえば時間！」と、ハッとしたルピナスだったが、キースから今日は御前試合で怪我をしたからと言って休みにしてあると告げられ、ホッと息つく。

どうやらキースも午前中は休みにしてあるらしく、もう少し部屋でゆっくりしていてもいいとのことだった。

「調子はどうだ？　気持ち悪かったりはしないか？」

「はい。もう万全です！」

「なら良かった。そろそろ朝食の時間だから部屋に運んでくる。一緒に食べよう」

「そんな……！　キース様を使うような真似はできません……！」

ゆっくり立ち上がったキースを制止するため、ルピナスは勢い良く立ち上がるが、ズキリと痛む足首に顔を歪めた。

「無理をするな」と優しく声をかけられ、頭を一度ぽんと撫でられたルピナスは、申し訳無さそうにキースと目を合わせる。

「まだ足が痛むんだろ。休んでいろ。それでも動きたいというなら、俺が抱いて食堂まで連れて行ってもいいが」

「……うっ……部屋に、います」

「ああ、いい子だ。すぐに持ってくるから待っていてくれ」

（まるで子供に言うみたいに……って、そうか。私八歳も年下だものね）

些細なことでも、キースが本当に大人になったのだと、ルピナスは何度も認識するのだった。

それから、ルピナスはキースが運んでくれた朝食を自室でとった。

二人分の食事を、それも騎士団長自らが取りに行くなんて、何かしら勘ぐられてはいないだろうかと思ったルピナスが問いかけるが、誰一人何も突っ込まなかったらしい。

　というのも、殆どの団員が二日酔いか寝不足で、機能していなかったせいなのだが。

「去年も一昨年も、御前試合の次の日はいつもこうだ」

「なるほど。それにしても、改めて思いますが、五年連続で優勝しているなんて、キース様は凄いですね……」

「まあ、誰かさんが自分より強い男じゃないと結婚しないって言っていたからな」

「ですから！　あれは冗談です‼」

　ちょっと油断すれば、キースは直ぐにドキドキするような言葉を口にする。

　ルピナスは最後の一口を食べ終わったと同時に頬をバァン！　と叩いて、何度目かの活を入れた。

「あ、あの、良ければ今度私に稽古をつけてくださいませんか？」

「ああ、ルピナスのお願いなら喜んで」

「……っ」

「けどそれは怪我が完全に治ってからな。……今日はまだ時間があるから、今までのルピナスの話を聞きたい」

　そう言ったキースの声色は、先程までの甘いものではなく、どこか暗さを孕んだ真剣なものだ。

『傷物令嬢』だと揶揄されているルピナスが、順風満帆な人生を歩んできているとは到底思えなかったからだろう。

（あんまり、気分のいい話じゃないけど……）

けれどルピナスは「気分を悪くさせたら申し訳ありません」と前置きをして、ルピナスとしての人生を話し出した。

フィオリナの生まれ変わりであり、前世の記憶があると打ち明けた以上、もうこれ以上キースに隠し事はしたくなかったから。

「――というわけで、私は王都にやって来たのです」

「…………っ」

全てを話し終えると、キースは泣きそうな顔でルピナスを見て、腕を伸ばす。

その顔は前世で最期に見たキースの表情によく似ていたので、ルピナスは彼の背中に手を回すようにして迷うことなく受け入れた。

「……君の両親も、妹も、元婚約者も、許せない……っ」

「……はい、私もです。けれど騎士の端くれとして、私怨で剣は抜けません。それに今は幸せなので、あんな人たちは正直どうでもいいのです。会ったらただじゃおきませんが」

強がるわけではなく、淡々と事実を述べるルピナスを抱き締める手の力が強められる。

そしてポツリと呟かれたキースの「ごめんな」の言葉に、ルピナスは小首を傾げた。

「その傷のせいで、俺を庇った傷のせいで、ルピナスはつらい人生を送ることになったんだろ……っ」

「それは違います！　この傷は私にとって誇りです！　恥ずべきものではありません！　それに愛のある家族だったら、この傷も受け入れてくれたでしょう。……きっと傷跡がなくたって、何かしら難癖をつけて疎まれていたに違いありません」

ルピナスの身体にフィオリナの傷があったことは、偶然という一言で片付けてしまえばそれまでだろう。

けれど、ルピナスはこう思うのだ。

「きっと、私がこの傷ごと生まれ変わったのは、キース様を安心させるためなんだと思うんです。この傷は誇りだから気にしないでって、この傷があったって、幸せになるからねって」

「……っ」

「だから、泣かなくても大丈夫です。悪いのは私の家族で、キース様ではありません」

それにルピナスにはラーニャという味方がいた。

騎士見習いになってからは、傷物令嬢だと知られても当たり前のように受け入れてもらえた。御前試合では、傷物令嬢であることを知っている貴族たちがルピナスを色眼鏡で見ていたことは、気付いていた。

けれど優勝し、栄誉騎士の称号が与えられたときにはその偏見の目は少し減っていたように思えるのだ。

「キース様、大丈夫です。私のことを思って悲しんでくださって、ありがとうございます。本当に昔から、お優しいですね」

「優しいのは……君だ。ルピナスは優し過ぎる」

——けれど、そんなところが愛おしい。

キースはそう言って、しばらくの間ルピナスを抱き締めていた。

ルピナスは気恥ずかしかったけれど、少しだけ幼かった頃のキースのように感じて、無言でそれを受け入れた。

しばらくして。キースはおもむろにルピナスを解放し、「もう大丈夫だ」と少し恥ずかしそうに呟く。

その表情は無理をしている様子はなく、ルピナスは良かった……とホッと胸を撫で下ろす。キースも落ち着きを取り戻したのか、はたと浮かんだ疑問を口にした。

「そういえば、いつ記憶を取り戻したんだ？」

「王都に来て、キース様を見たときくらいです」

「あのとき……」

「魔獣から逃げようとしていたので、前世の記憶が戻らなければ、今みたいに再会できなかったかもしれませんから、タイミングが良かったです」

まるで運命だったかのように、あのタイミングで思い出したことを、奇跡と呼んで良いのならば、ルピナスは声を大にして叫ぶだろう。「神様、奇跡をありがとう！」と。

（ま、偶然なんだろうけど）

「そうだな」と小さく頷いたキースは、もう一つ聞きたいことがあるらしく、「なあ」と低い声で口火を切った。

「伯父上のことだが」

「セリオン様ですか？　どうかされましたか？」

以前二人きりにはなるなと念押しされたので、またその話をされるのだろうか。

そんなことを考えていたのでルピナスはすっかり気を抜いていた。

「――確証はないが、もしかしたら伯父上はルピナスがフィオリナの生まれ変わりだということに気付いているんじゃないか？」

「は、はい⁉」

キースの発言に驚いたルピナスは大きく目を見開いた。

しかしそれは一瞬で、ルピナスはすぐさま、「あははっ」と頬を緩める。

「それはあり得ないと思います。キース様にもついさっきまでバレなかったわけですし」

「……それは、そうだが」

前世では二年間、キースはずっとフィオリナと一緒にいた。

今世でも、ルピナスが見習い騎士になってからキースとは関わることが多かったし、実際のところ、フィオリナを連想させるような言動をしてしまったことも自覚している。

しかし、セリオンは違う。

確かに前世で仲は良かったし、冗談で求婚されるような間柄ではあった。任務の際に一夜を共に過ごすこともあるにはあったが、キースのように四六時中側にいたことなんてない。

それにルピナスとしても会ったのは昨日の一度だけ。ほんのひとときだけだ。

もしもフィオリナを連想するような言動があったとしても、それだけでルピナスがフィオリナの生まれ変わりだなんて思う方がおかしいだろう。

「それに、フィオリナが亡くなってもう十八年経ちます。きっとセリオン様も、私のことなどお忘れになっていますよ」

「…………そうだといいがな」

「……？」

考えるように腕組みをしながら、低い声で呟いたキースの真意は、ルピナスには分からなかった。

第八章　雪解けのとき

午前中の間、ルピナスはキースと離れていた時間を埋めるように様々なことを話した。

事あるごとにキースが甘ったるい雰囲気を出してくることに戸惑いながらも、これも二人きりのときだけなら慣れるしかないだろうと、そう思っていたというのに。

「ねぇ、ちょっとこれはどういうことかしら……？」

夜になり、二日酔いでもしっかりと巡回任務を終えて騎士団棟に戻ってきたマーチスの声が食堂内に響き渡る。

団員たちが見てはいけないものを見るような目をしていたり、テーブルに顔を伏せていたり、団員同士で肩を組んで何やら嬉しそうに語り合っていたり、中には涙を拭っている者もいる。

さすがに昨夜の酒は抜けたはずなので、酔っ払っているわけではないだろう。

――それなら、これは何なのか。

そんなマーチスの疑問に答えたのは、夕食を作り終えて、今から自身も食事にありつこうとしていたコニーだった。

「お疲れ様です。副団……じゃなかった。マーちゃん、あれを見てください」

「ん？　あれぇ？」

コニーが指す先に、マーチスは視線を移す。

そしてそこには、考えもしなかった光景が広がっていたのだった。

「ルピナス、食べる姿も美しいな。ずっと見ていたくなる」

「少々見過ぎでは……？」

「ああ、悪い。食べづらいな。食事が終わってからまたじっくり見ることにしよう」

「ち……違います……そういうことではありません……！」

食事をとるルピナスの隣に座り、その姿をじいっと見つめるキース。

「あ、あらあら、まあまあ～～！！！」

二人が隣に座ることは度々あったものの、こんなふうに寄り添うように、そして甘い言葉を恥ずかしげもなく吐くようなことはなかった。どちらもキースが一方的にしているが。

マーチスは視界に収めた二人の姿に、こう言わずにはいられなかった。

「雪解けよぉぉ‼　氷の騎士様に春がやってきたのよぉ‼」

「「うぉーー‼」」

くねくねと変な踊りをしながら叫ぶマーチスに、団員たちの一部が呼応する。主に肩を組んでいた者たちである。

貴族社会界隈では、キースがとある女性を一途に想うばかりで他の女性に冷たいことが知れ渡っていたが、第一騎士団では、そんなキースの未来を心配する者が少なからずいたのだ。

公爵家の次男で騎士団長、眉目秀麗な我らが尊敬すべき上司がこんなに一途に愛しているのに報われないとなると、その恋はもう叶わないのだろうと。

特にキースの旧友でもあるマーチスは、その心配が大きかっただけに、喜びも大きかった。

「さぁて！　昨日に続いて今日もお祭り騒ぎよぉ‼　祝！　キースの――ぶへぇっ⁉」

しかし、マーチスの言葉が最後まで紡がれることはなかった。

マーチスの目の前に現れたキースの拳が、マーチスの頭に大きなたんこぶを作ったからである。

「あああマーちゃん……‼」

「だ、大丈夫よコニー……こんなもの、ただの照れ隠しじゃないのぉ……ふふぅ……ルピちゃんがキースの恋人になってくれたんだから、これくらい――」

「違う。俺の片思いだ」

「……あ、あらぁ？　あたし、耳が遠くなったのかしら？」

マーチスはキースの発言が信じられないのか、「にゃはははは！」と高笑いをしてから、キースの頬をツンツンと人差し指で突く。

しかしその指は瞬く間に手刀打ちではたき落とされると、キースのいつもと変わらない冷たい瞳がマーチスを捉えた。

「俺が勝手にルピナスを好きなだけだ。好き勝手叫ぶな」

「なっ、なんですってぇぇぇ⁉　まぁた片思いですってぇぇぇ⁉」

「煩い。これからじっくり口説くつもりだから邪魔するなよ。……お前たちも、人のこと見てないでさっさと食って明日に備えろ」

「そ、そうよねぇ。これから口説けば……って、もう流されないわよぉぉ‼　詳しく話しなさいよおおぉ‼」

そうやってマーチスはキースに詰め寄るが、いつものことながらキースに首根っこを掴まれて食堂の外にポイッと捨てられる。

毎回ルピナスは思っているが、今回は特に可哀想だと思わずにはいられなかった。

（マーちゃん、そうよね。気になるよね。……というか、キース様……）

口説くとは言われていたし、キースの気持ちが半端なものだなんてことは思ってはいなかった。

しかし、まさか団員たちの前でも二人きりのときと変わらず口説かれるだなんて思ってもみなかったルピナスは、視界の端に映るキースの顔をまともに見ることはできなかった。

その後、仕事があるからとキースが先に食堂を出て行ったのを見計らって、団員たちがどうしてこうなったのかとルピナスに質問をぶつけたのは言うまでもない。

唯一「個人の恋愛のことはあんまり聞かない方が……」と助け舟を出してくれたコニーに、ルピナスは一生頭が上がらないと思ったのだった。


それから五日後のこと。

足の怪我を悪化させないために、座りながらできる仕事なら再開しても構わないと言われたルピナスは、キッチンで機嫌良く鼻歌を歌っていた。

（は〜！　休んでばかりだと体が鈍るから、安静が解けて良かった……！　まだ稽古はできない

けれど、こうやって仕事ができるだけでも有り難い）

というのも、ルピナスは五日前――怪我をした次の日から、基本的には自室で安静にしろとキースから命じられていて、一切の仕事ができなかったのである。

怪我の回復はもちろん、御前試合での疲れも癒やすようにという配慮であることはルピナスには分かっているけれど、少しもどかしい時間でもあった。

（……いや、有り難い、有り難いんだけどね……）

常に部屋にいたのでは気が滅入ってしまうかもしれないからと食事だけは食堂で団員たちと食べられたが、見習い騎士でありながら、料理や後片付けを手伝えないのは、それはそれで心苦しかった。

今はキッチンに高めの椅子を用意して、洗い終わったお皿を拭いたり、料理の下準備を手伝ったりできるので、その罪悪感はかなり薄れたのだけれど。

「ねぇ、ルピナス、もう本当に仕事を再開して平気なの？　大丈夫？　痛かったら直ぐに言うんだよ？」

グツグツと煮えている鍋の前でお玉を持ちながら、心配げに問いかけてくるコニーに、ルピナスはニコリと微笑んだ。

「ええ、大丈夫！　座っている分には足は全く痛くないし、お医者様からも短時間の徒歩での移動は許可が下りたくらいだから、本当に心配ないの。ありがとう、コニー！」

「それならいいけど……本当に無理しちゃだめだよ？　ちゃんと頼ってね」

「コニー……貴方ってどうしてそんなにいい子なの……っ‼」

コニーの純粋な優しさに胸を打たれながら、ルピナスは慣れた手付きで玉ねぎをみじん切りにしていく。

（ああ、目が痛い……！　涙が出そう……！　けど自室で休んでばかりより全然いい……！　早く足を治して剣術の稽古もしたい……‼）

完全に復帰できたら、今度、キースに剣の稽古をつけてもらおう。タイミングが合えば、マーチスも手合わせをしてくれるだろうか。

そんなことを想像しながら、楽しく手を動かしていると、バタン！　と激しい音を立てて扉が開いた。その音にルピナスは体をビクつかせる。

「ルーピちゃんっ！　ここにいたのねぇ！　ちょっと――」

そして、入ってきたマーチスに背後から抱き着かれたルピナスだったが、彼女の口から「あ……」という声が漏れたのだった。

「ギャァァァ‼　目がぁぁんっ‼　いったぁぁいっ‼　何これぇぇ‼」

「マーちゃん、今は玉ねぎを切っているので、あんまり近付かない方が……って、もう遅いですけど……」

コニーは少し離れたところに立っていたせいか、さほど玉ねぎの影響は受けていないらしい。ルピナスとマーチスを心配そうに見つめ、「とりあえず目を洗えば……？」と提案してくれたコニーに、二人はコクリと頷いた。

それからしばらくして、涙と鼻水から解放されたルピナスは、一旦料理の手を止めるとキッチンの隅にあるテーブルの椅子に座るマーチスのところまでゆっくりと歩いて行く。

マーチスに許可を得てテーブルを挟んで向かい側の椅子に腰を下ろせば、マーチスは目をキラキラとさせながら口を開いた。

「ルピちゃん‼　実は今日、第一騎士団棟にね、商人が来ているのよぉ！」

「商人……？　どうして商人が騎士団に……？　というかマーちゃん、サボりじゃないですよね？」

一応確認すれば、マーチスは「もっちろんよぉ！」と自信満々に答える。ほっとしたルピナスは、前世でも、騎士団に商人が訪れたことを聞いたことがなかったので、「それで、商人って？」と問いかけると。

「そんなの決まってるじゃなぁい‼　ルピちゃんのためよぉっ‼」

「はい？」

意味が分からず、ルピナスから疑問の声が漏れる。しかし、次のマーチスの言葉に、ルピナスはおおよそのことを理解できたのだった。

「……っていうのは半分は冗談でねぇ？　陛下のお節介……娯楽……我が儘……と言ってもいいかもしれないわねぇ」

「…………だいたい読めました」

アスティライト王国の国王は自他ともに認める派手好きである。

最近でも、御前試合に優勝したルピナスが副賞に酒と食料しか求めなかったことについて、つまらん、面白くないと不満の表情だった。

「つまり、陛下が勝手に……ゴホン！　良かれと思って、私のために商人を騎士団に招いてくれた、ということですよね？」

「ルピちゃん、かっしこ〜い！　そのとおりよぉ！　任務終わりにちらっと見てきたんだけどね、すっごい数の商品を広げていたわよぉ！　お酒や珍味だけじゃなくて、異国の服とかアクセサリーとか！　あたし興奮しちゃって体が熱いわぁ〜‼」

第一騎士団に所属してからというもの、マーチスの趣味を把握しているルピナスは、そうだろうなぁとコクコクと頷いた。

マーチスは休みの日になると、ほぼ必ずといっていいほど城下町に行って買い物をしている。服やアクセサリーはもちろん、帽子など。つまり、お洒落が趣味なのだ。

（……それにしても、ふふ。マーちゃん嬉しそう。きっと商人自らが品を売りにきたのなら、城下町には置いてないものも多いだろうし）

興奮が止まらない様子のマーチスを、ルピナスは穏やかな笑みを浮かべて見守る。

するとその、満面の笑みを浮かべたマーチスが、コニーに目配せをしながら、ルピナスに問いかける。

「ねぇ、ルピちゃん、もう少ししたら、お料理終わるでしょう？」

コニーは何かを察したようにコクリと頷いた。

「はい。今、僕が作っている煮込みが最後です。玉ねぎのみじん切りはソースに使いますが、あれは夜に使用するものなので、保存さえしておけば問題ありません」

「ふふっ！　それなら早速行きましょうぉ‼」

「えっ、もしかしなくても、商人のところに、ですよね……？」

　話の流れからして誘われるかもしれないとは思わないでもなかったルピナスだが、念のために確認すると。

「もちろん！　前はあたしとルピちゃんのデートをキースに邪魔されちゃったから、今日はあたしに付き合ってねぇ！　足に響かないようにゆっくりゆっくり行くわよぉ〜‼」

　ルピナスはそのとき、あれ？　そんなことあったっけ？　と頭を働かせた。

（ああ、キース様とデー……じゃない！　お出かけした日、マーちゃんも誘ってくれていたわね。マーちゃんは任務が入っていたから行けなかったんだっけ）

　納得したルピナスだったが、勢い良く立ち上がったマーチスが隣りまで歩いてきて、ギュッと手を握ってくるので、驚いて声を上げた。

「ちょ、マーちゃん⁉　そもそも私、玉ねぎを……」

「ルピナス、玉ねぎの保存はしておいたからもう大丈夫だよ」

　引き続き煮込みの材料が入った鍋をコトコトと火にかけながら、さらっと言ってのけるコニーの言葉に、ルピナスは体が震えた。……コニーの仕事の速さに感動したからである。

「それじゃあ、コニー！　あとは頼むわね〜！」

「はい！　お気を付けて！」

コニーにひらひらと手を振って出口へと歩き出すマーチスに手を引かれ、ルピナスも怪我をした足を庇いながらゆっくりと歩き始めた。

人畜無害な穏やかな笑みを浮かべたままのコニーに、ルピナスは「ごめんね！　ありがとう！」と声をかけると、コニーは「あ」と何かを思い出したようだった。

「ルピナス！　足が痛くなったから直ぐに戻ってくるんだよ！　無理はだめだからね〜！」

「コニー……‼　貴方って子は……！！！！」

コニーの優しさに感動したルピナスは、見習い騎士の同期がコニーで良かったと思った。


「わぁ……」

商人が来ているのは第一騎士団棟のエントランスの奥のスペースだった。そこに広げられた品々に、ルピナスは感嘆の声を漏らした。

「これは凄いですね……！　見たことがない品ばかりが置いてあります……！」

「やぁ〜ん！　テンションが上がるわ〜‼」

ルピナスとマーチスの他にも、非番や休憩中の団員が、興味深そうに品々を眺め、手に取っている。

パッと見たところ、平の騎士でも手が届きそうな品が多く置いてあるようだ。

（なるほど……お客の財布の中身も理解した上で品物を選んでいるのね）

実家ではよく、レーナや母が商人を屋敷に呼んでは高価な宝石やらドレスやらアクセサリーを買っていたため、商人が持ってくる商品＝高いとばかりと思っていたが、どうやら違うらしい。

「おお、もしや貴方様が此度の御前試合の優勝者で？」

キラキラとした品物を見ながら浮き足立っているマーチスの後に続きながら品物を眺め歩くルピナスだったが、商人の男にそう声をかけられたので足を止めた。

なんとも商売人らしい、笑顔を絶やさない中年の男である。

（女性で騎士服を着ているのは私だけだから、名乗らずとも分かったのかな）

商人のことは自分で頼んだわけではなかったが、わざわざ来てくれたのだから、とルピナスは頭を下げた。

「え、ええ。そうです。今日はお越しいただきありがとうございます」

「おお！　そりゃあ凄い！　おめでとうございます！　こちらこそ、貴方のおかげで騎士団棟にお邪魔することができて、感謝しかありません。ささっ、特別にお安くしますから、どうぞ品を見て行ってください」

「ありがとうございます」

ルピナスはもう一度お礼を言うと、マーチスと共に品物を見ていく。

騎士団は男性が殆どだが、ルピナスが優勝者ということで、異国の服はもちろん、耳飾りや髪飾り、手鏡に香油など、女性ならば喜びそうなものも多い。

「全部素敵……あ、この服マーちゃんに似合いそうじゃないですか？」

品物は好きに触っていいそうなので、ルピナスは異国の服をマーチスに当てる。

「やぁぁぁんっ‼　こういうの‼　こういう会話がしたかったのよぉ‼　あたしはぁ‼」

「ま、マーちゃん泣かなくても……！」

「だって～‼　むさい男どもとじゃ、こんなふうにお買い物できないんだものぉ～‼」

（よっぽどこういうやり取りを渇望していたのね……。いや、私だって前世でも今世でもこんなやり取り初めてだから、わくわくするけれど）

それからルピナスは、足に負担がかからないよう気を付けながら、マーチスと買い物を進めていた。

御前試合で優勝した際にもらった褒賞金があるのでお金の心配はなく、いくつか小物や髪留めなどを購入したルピナスは、足のこともあるのでそろそろ買い物を終了しようかと思っていたのだけれど。

「……これ」

マーチスが赤色と緑色の帽子のどちらを買おうか悩んでいる近くで、ルピナスはとある品に目を奪われた。

「あの、これを買いたいのですが、包んでいただいてもいいですか？」

「もちろんでございます。お買い上げ、ありがとうございます」

丁寧に包装してもらうと、ルピナスはそれを大事そうに手に持つ。

「赤と緑どっちが似合うかしら⁉」と必死の形相で尋ねてくるマーチスの質問に答えたら、今度こそここからお暇しよう。ルピナスは、そう思っていたというのに。

「うーん……マーちゃんにはやっぱり――」

「お前たち、何をしている」

「……⁉」

自身の声を遮った重低音の声に、ルピナスはパッと振り向いた。

「キース様……！　確か東地区の巡回に行ってらしたんですよね？　お疲れ様です」

「ああ、お疲れ。……で、ルピナスはマーチスと何をしてるんだ」

ルピナスが買い物をしていると答えようとした矢先、先に答えたのはマーチスだった。

「キースったら、見て分からないの？　女同士のデートよ、デートぉ‼」

「……ついに頭のネジが飛んだか？」

「あははは……」

キースの鋭いツッコミにルピナスが乾いた笑いを漏らすと、キースの美しい紫の瞳にじっと見つめられた。

「……で、ここでマーチスと買い物をしていたのか？」

「はい、そのとおりです。……あっ、マーちゃんは決してサボりではありませんし、私もコニーにはここに来ることは伝えてあって、そろそろ戻るつもりで……」

「別に怒っていない。それにマーチスはともかく、俺がルピナスのことを疑うはずないだろ」

「……っ」

絶大な信頼を寄せられていると感じるのは自惚れではないだろう。

嬉しいような、気恥ずかしいようなムズムズとした感覚が身体を駆け巡るのを感じ、ルピナスはキースからそっと目を逸らした。

前世がフィオリナであることがバレ、勘違いのしようもないほどの真っ直ぐな告白をされたのだ。幼かったキースの記憶がまだ色濃く残っているにせよ、そんな相手を全く意識するなというのは無理な話だったたから。

「ルピナス、いい買い物はできたのか？」

「はい……！　とても楽しかったです……！　気分転換にもなって、陛下には感謝の気持ちでいっぱいです」

「……ふっ、そうか。ルピナスが幸せそうで何よりだ」

そう言って、キースが柔らかく微笑む姿には嬉しさも覚えるのだが、この場だといささか困ってしまう。

（皆の視線が痛い……。商人も食い入るように見つめてくるし……）

団員たちはキースがルピナスに惚れていることを知っているので、そんな二人のやりとりを目の当たりにして頬が緩み切っているし、薄らと細めた目にはからかうような感じがある。商人は純粋な驚きといったところだろうか。

どちらにせよ、こういう恋愛ごとに免疫のないルピナスは居た堪れなかったので、キースとマーチスに挨拶をしたら早急にこの場から立ち去ろうと決意した。

――しかしその瞬間、ルピナスは警戒心を完全に解いていたこともあって、伸びてきたキースの腕に反応することができなかった。

「えっ……」

突然の浮遊感に、ルピナスから上擦った声が漏れる。

キースにいわゆる姫抱きをされていると気付いたのは、「過保護な男ねぇ〜」というマーチスの声と、「おおお……‼」という団員たちと商人の驚いたような歓声の声が聞こえてからだった。

「キッ、キース様何を……⁉」

「そろそろ買い物は終わりにするんだろ？　それなら部屋に送る。コニーにも後でちゃんとここに来られるくらいの休憩時間はやるから、ルピナスは気にせずに休め」

キースの言葉に、先程見送ってくれたキースの顔を思い浮かべる。

（コニーもきちんと休めるなら……って、そうじゃない……‼）

コニーを休憩させるのと、ルピナスが部屋で休むこと。それはそれでいいとして、姫抱きまでする必要性はないのでは？　という疑問に辿り着いた。

キースのことだから、足の怪我のことを配慮してくれているのは分かるが、一応歩行許可は下りているのだから。

「キース様、下ろしてください……！　歩いて部屋まで戻りますから……‼　重いですから……‼　お手を煩わせるわけには……！」

「全く重くないし、それにだめだ。念のため俺に抱かれていろ。怪我の治りが遅くなれば、訓練に戻れる日も遅くなる。ルピナスもそれは辛いだろ。それに――」

キースはルピナスの耳元に顔を近付けると、周りには聞こえないような小さな声で囁いた。

「ルピナス一人くらい簡単に抱えられるほど、俺はもうデカくなった。力もある。昔みたいなガキじゃなくて、大人の男になったってこと、早く分かってもらわないとな」

「～～っ」

そんなキースの言葉に、ルピナスは情けなくも腰が砕けそうになる。告白をされてからというもの、キースの愛情表現が真っ直ぐ過ぎて、いつか全身の血が沸騰しそうだ。

顔が真っ赤になっている自覚があるルピナスは、購入した商品をギュッと握りしめたままキースの胸元に顔を埋める。周りに少しでも、そんな自身の顔を見せないために。

けれどキースはそんなルピナスの些細な反応でも嬉しいのか、氷が溶けたかのような温かな笑みを浮かべると、ルピナスを抱く力をより一層強めた。

「……ルピナス、本当に可愛いな。早く部屋に行こう」

「～～っ⁉」

どうやらその声はルピナスだけでなく、近くにいたマーチスにも聞こえていたらしい。マーチスは耳まで赤く染めたルピナスに、若干同情の目を向けた。

「ちょっとキース‼　あんたが言うとなんかエッロい意味に聞こえるわよぉ‼」

「……は？　俺はルピナスの足の怪我が悪化しないように早く部屋で休ませてやりたいだけだ。

片思いの段階で手を出すような男ではない」

「そういうことを言ってんじゃなくてねぇ!?　あんた本当にルピちゃんに対しては脳内春うららのお花畑ねぇ！」

「何とでも言え」

その言葉を最後に、キースはマーチスを無視してルピナスに「動くぞ」と伝えてから、ゆっくりと歩き出した。

「足に響かないか？」「もう少しゆっくり歩こうか？」と気遣ってくれるキースの心配げな表情に、少し冷静さを取り戻したのか、羞恥よりも申し訳無い気持ちがルピナスを襲ってきたのだった。


キースに抱かれたまま自室に戻り、まるで壊れ物を扱うような手付きでソファに下ろされたルピナスは、近くにあるテーブルに購入した商品を置いてから、おずおずと口を開いた。

「キース様、気を使わせてしまって本当に申し訳ありません……あっ、今お茶の準備を」

立ち上がろうとしたルピナスだったが、隣に腰を下ろしているキースに腕を引かれて、それは叶わなかった。

「お茶はいい。それよりルピナス、何を買ったか聞いてもいいか？」

「……？　買ったものをですか？　別に構いませんが……どうしてそんなことをお聞きになるんですか？」

女性の買い物の品など、マーチスを除いては、男性が楽しめるものではないように思う。

しかし、何やら興味津々といった様子でキースが聞いてくるので、ルピナスは隠すようなものはないからと、包装を解いて小物と髪飾りを出してみせると。

「……なるほどな」

(なるほどな……？)

顎に手をやってふむふむと考え込むキース。

「何か気になることでもありますか？」とルピナスが問いかければ、キースはその髪飾りを手に取って、ルピナスの髪の毛に当てるようにしてから、薄らと目を細めて笑った。

「……いや、確かにこの髪飾りはルピナスに似合うと思ってな。ルピナスはセンスもいいんだな」

「あ、ありがとう、ございます？」

「今後の参考にさせてもらう。なるほど、ルピナスはこういうのが好みなんだな」

「えっ？」

瞬時には理解できなかったルピナスが、不思議そうに首を傾げると、キースは真面目な眼差しでさらりと言ってのけた。

「どうせ贈り物をするなら、相手の喜ぶものをやりたいだろう？　だから、ルピナスの好みを知れて良かった。これを参考にして、今度贈り物をする」

「……!?　そんな、贈り物なんていただけませんよ……！」

「好きな女に贈り物をしたいと思うのはわりと当たり前の感情だと思うんだが。それが身に着けるものならなおさら、虫除けにもなる。……こんな奇跡が起こったんだ、他の誰かにルピナスを盗られてたまるか」

「……っ」

キースが言うことの意味を理解したルピナスは顔を真っ赤にして俯いた。

長い年月、ずっと思い続けてくれていた彼の言葉には重みがあって、上手く躱すことができない。二度目の人生だというのに、恋愛ごとは弱いルピナスはたじろいだ。

恥ずかしがるルピナスに、キースは嬉しそうに微笑んで彼女の耳元に顔を近付けた。

「俺の気持ち、少しは伝わってるか？」

「……っ、そういうことを聞くのは、少し意地悪です」

「……ふ、それは済まなかったな」

簡単に姫抱きすることといい、贈り物の話といい、静かな笑い方といい、キースは本当に大人になったのだと思わされる。今までだって何度も思ったけれど、フィオリナだと打ち明けてから、好きだと伝えられてからは、顕著に。

（……だめだめ、落ち着かないと、いつまでも俯いていては失礼だわ）

自分にそう言い聞かせ、少しばかり落ち着きを取り戻したルピナスは、深呼吸をしてからそっと顔を上げる。

そのときテーブルの上に置かれた物が視界に入り、ルピナスは「あっ」と声を漏らした。

「キース様、そう言えばお渡ししたい物があるのですが」

「ん？」

姫抱きされるわ、甘い言葉を囁かれるわですっかり忘れていたルピナスだったが、手を伸ばして先程商人に包装してもらった箱を取ると、身体を斜めにして隣に座っているキースと向き合った。

「キース様、こちらを受け取っていただけませんか？」

「……⁉　何故……？」

ルピナスに箱を手渡され、思いがけない贈り物に目を瞬かせるキース。

突然のことで驚くのは当然なので、ルピナスは説明を始めた。

「……以前、私とキース様でお出かけをしたことを覚えていますか？」

「もちろん覚えている。デートのことだろう？」

「デ……！　いや、もう、いいです……！　それでその、そのときにたくさん服などを買っていただいたので、ささやかですがお礼の品を贈りたかったのです」

ルピナスの説明に、キースは贈り物の意味は理解できたらしい。

「そういうことか」と言うとキースは、ほんのりと頬を赤らめた。

「君が義理堅いことは知っていたつもりだが、済まないな。ありがとう、嬉しい」

「ご迷惑かもとも思ったのですが、どうしてもこれを贈りたくなってしまって」

絶対にこれしかないと、という思いで購入したものの、キースは喜んでくれるだろうか。

そんな不安に駆られながらも、どこか浮き足立った様子で「開けてもいいか？」とキースが問うてくるので、ルピナスはコクリと頷いた。

「……これは――」

包装を解き、箱の蓋を開けたキースはその中身を手に取ると、じっくりと眺めながら口を開いた。

「装飾羽根ペンか」

「はい」

一般的な羽根ペンは持ち手の部分に何も付いていないシンプルなものだ。その一方で、装飾羽根ペンは持ち手の部分の一部に宝石や鉱石、または刻印などがされており、実用性の中にお洒落さを組み込んだ品物なのである。

「キース様は立場柄、書類仕事も多いですから、羽根ペンならあっても困りはしないかなと思いまして。それと、ここを見てください」

キースが手に持つ装飾羽根ペンの装飾部分を指差したルピナスは、まるで宝物を見るように、目をキラキラとさせた。

「持ち手の少し上の部分に、紫の鉱石が付いているんです！　キース様の瞳と同じ色で、とっても綺麗だなと思って……絶対これをお渡ししたいと思いました」

「………………っ」

「もし良ければ、使ってくださいね」

そう言って、ルピナスは羽根ペンからキースに視線を移す。

すると、片手で顔を覆い奥歯を噛みしめるようなキースの姿がそこにはあったのだった。

「も、もしやこのデザインが嫌いでしたか……？　それとも、何か他に不快なことでも……？」

恐る恐る尋ねれば、キースは顔を覆い隠していた手を下ろす。

そして、羽根ペンを大事そうに摑んで胸のあたりに近付けたキースのアメジスト色の瞳が、ルピナスをじっと見つめた。

「違う。嬉し過ぎて言葉が出なかっただけだ」

「……!?　そ、そんなに喜んでいただけるなんて、光栄です」

「本当に嬉しい……ありがとう、ルピナス」

それからキースはルピナスの部屋に滞在する間、その羽根ペンを手から離すことはなかった。

そろそろ仕事に戻らなければいけないからと言って箱に戻す際には細心の注意を払っており、キースが本当に喜んでくれていることが伝わってきた。それを見たルピナスは頰を綻ばせた。

「ではルピナス、俺はそろそろ行く」

「はい。部屋まで送ってくださり、ありがとうございました」

怪我のことがあるので見送りは不要だと言われたルピナスは、座ったまま、ドアノブに手をかけるキースの姿を見る。

するとキースは何か言い残したことがあったのか、顔だけを振り向かせた。

「ルピナスが俺に贈り物をしてくれたってことは、俺も贈り物をしていいんだよな？」

「えっ、それは違います……！　私は買い物に行ったときのお礼に――」

「買い物ではなくデートな」とルピナスの言葉を遮ったキースは、片方の口角をニッと上げてから、口を開いた。

「それなら、俺はこの装飾羽根ペンのお礼に何か贈り物をしなくてはいけないだろう？　大義名分をありがとう、ルピナス」

「……っ」

（ああ言えば、こう言うんだから……）

――どうやら、大人になったキースには、言葉も敵わなそうだ。

ルピナスはほんの少しの悔しさと、どうしようもない胸の高鳴りを覚えて、彼から視線を逸らした。

「……ああ、それと」

「…………？」

何か忘れ物でもあるのか、ルピナスが座るソファーの方に戻ってくるキースの姿を、ルピナスは視界の端に捉える。

真ん前に来たので、さすがに何かあるのかとルピナスは上を向いてキースを見つめた。

――その瞬間。

「ルピナス」

「…………っ！」

腰をかがめたキースの顔が、至近距離にあった。凡そ拳一つ分くらいの距離感だろうか。互いの吐息を感じ、睫毛さえも数えられるような近さに驚いてブラウンの目を大きく見開いたルピナスは、体温が上昇するのを感じた。

「今日はまだ伝えていなかったな」

「何を、ですか？」

全身が汗ばんできそうなその感覚は決して心地良いものではなかったのに、キースから目を逸らすことができなかったのは何故だろう。

そんなルピナスの気持ちなど知らないキースは、ふっと微笑んで、愛おしそうに囁いた。

「好きだ」

「……っ」

「贈り物、一生大切にする。それと、今度は俺から贈り物をする。ああ、あと、子供かと思われるかもしれないが、ルピナスがマーチスと一緒に買い物をしたこと……実は少し妬いている。だから次は俺とデートしてくれ」

キースの真っ直ぐな言葉に、ルピナスは恥ずかしさに耐えられないと、ギュッと目を瞑る。キースはそんなルピナスの様子にふっと微笑んでから、彼女の額にそっと触れるだけのキスを落とした。

「…………？」

ルピナスは何をされたのか瞬時には理解できなかったが、額に何かが触れたのは確かだったの

で、「え？　え？」と言いながら、不思議そうに両手で額に触れた。

「ははっ、可愛い」

「……あ、あの、今何を？」

「さあ？　……とにかく、無理はするなよ。早く足の怪我が治るといいな」

「は、はい、ありがとう、ございます」

その会話を最後に、今度こそキースは部屋を出て行った。

ルピナスは額を手で触ったまま「さっきのは一体何……？」と頭を悩ませるのだった。


御前試合から二週間が経った頃、足の怪我が完治し、ようやくルピナスは騎士見習いとして完全に復帰することができた。

迷惑をかけてしまったことは申し訳無いと思いつつも、その分これからはしっかり働こうと意気込んだ、のだが。

「キース様、失礼いたします」

「ルピナス、よく来たな」

完全復帰から三日目、ルピナスは突然団長室に呼び出された。

当人のキースは、ルピナスが現れると分かりやすく頬を緩め、ソファに座るよう促した。

「あの、それで御用とは何でしょう？」

「新しい茶葉が手に入ったから、一緒に飲もう」

「ありがとうございます……ではなく！　あの、キース様？　私はまだ仕事が残っておりまして、ご用件を仰っていただけるとありがたいのですが」

「ああ。だから俺と一緒にお茶を飲むことだ」

しれっと言うキースに、「はい……？」というルピナスの間抜けな声が漏れる。

つまりそれはサボり、なのではないかとルピナスは思うものの、さすがにそこまではっきりとは言うことができず。

「これも何かの仕事で……？」

「そうだ。休憩という名の仕事だ。足が治ったからといって働き過ぎだと団員たちから話は聞いている。だから無理やり休ませるために呼んだ」

「……えっ」

（確かに迷惑をかけたからそれを挽回しようと根を詰めてはいたけど、私だけが休憩なんてみんなに悪い……）

と思ったものの、特にコニーには無理し過ぎだよと口酸っぱく言われていたことを思い出し、ルピナスは有り難く休憩させてもらおうとソファに身を沈めた。

そして慣れた所作で紅茶を淹れるキースを視界に捉えると、同時に執務用のテーブルの上に本のようなものが置かれていることに気が付いた。

何やら見覚えのある水色の表紙に、もしかして……と、ルピナスは立ち上がって、執務用のテーブルの前に行くと。

「キース様、これって……」

「ああ、そうだ。君が書いた日記だ」

「わあ……懐かしいです……！」

キースは紅茶を淹れ終わると、ローテーブルにカップを二つ置いてから、ゆっくりとルピナスに近付く。

そしてルピナスの背後に行って距離を詰める。

咄嗟のことにルピナスは「えっ⁉」と素っ頓狂な声を上げると、日記を手にしたまま、くるりと振り向いた。

「それは俺の宝物だ。というか、君に関するものは全て宝物だ」

「……っ、そ、そうなんですね……？　というかキース様、少し、いえ、かなり近くないですか？」

振り向いてしまったせいとも言うべきか、ルピナスの背後にはテーブル、目の前にはキース、自身を包み込むようにして鍛えられた腕が伸ばされ、逃げ道を塞がれた状態だった。

そんな体勢で、頭一つ分以上優に背の高いキースに優しく微笑まれ、ぐいと顔を寄せられれば、ルピナスはそっと目を逸らすしかない。

無意識に、日記をギュッと抱き締めた。

「日記じゃなくて、俺に抱き着けばいいのに」

「っ、な、何を」

「……なあ、ルピナス、好きだ。早く俺のこと好きになって」

「〜〜っ！」

耳元で囁かれ、ルピナスの身体は小さく跳ねる。

幼かった頃は好きだと言っても全く相手にしてもらえなかったのだ。だからキースは、そんな反応がたまらなく嬉しい。

「好きだ。ルピナスじゃないと、嫌だ」

「……っ、キース様、そういうこと、毎日、言ってるじゃないですか……！　もう少し抑えてください……！　身が持ちません！」

「……嫌だ。もっともっと、俺のことを意識すればいい。それに昔、言っただろ？　覚えてないのか？」

（……言った……？　何を……？）

キョトンとしたまま固まるルピナスに、キースは一切ルピナスから目線を逸らさず言葉を続けた。

「君が鈍感なのは分かってるから、俺が結婚できる歳になったら毎日好きだと伝えるようにする、と」

「……!?」

「鈍感なルピナスには毎日伝えるくらいでちょうどいい。身が持たないなら、さっさと俺に惚れることだな」

「そ、そ、それは……っ」

「……まあ、だとしても毎日好きだと伝えると思うが」

悪びれる様子なんてなく、かと言って意地悪で言っている感じもしない。

キースが本当に本気で、想いを伝えようとしているのがひしひしと伝わってくる。

ルピナスは煩いほどの胸の高鳴りに、キース以外のことなんて考えられなかった。

(こんなのが毎日なんて、そんなの、絶対……っ)

数日前までは弟のように思っていたというのに、一体どうしたらいいのだろう。

もうどうしたって男の人として意識してしまうし、砂糖よりもずっとずっと甘い言葉を紡ぐキースに、ルピナスは誤魔化すように「あはは」と曖昧な笑いを返した。

——砂糖漬けのお菓子のように甘ったるいほどのキースの愛情に、信じられない速度で侵食されていく自身の心。

こんなふうに誤魔化すことは直ぐにできなくなるのだろうと、頭の片隅で分かってしまうからこそ、ルピナスの胸はキュンと音を立てた。

◇◇◇

ルピナスが団長室から出て行ってから、キースは愛おしそうに日記を指でなぞる。

どんなに悲しいときでも、苦しいときでも、フィオリナの形見が、この日記があるから頑張ってこられたところが大きい。

どれだけフィオリナとの記憶が頭に残っていようとも、悲しいことに少しずつ記憶は薄れていってしまうから、この日記の存在には本当に助けられた。

「……ん？　何だこれは」

しかしそんなとき、執務用のデスクの上に見慣れない手紙があることに気が付いたキースは、それを手に取った。

差出人を確認すると、分かりやすく眉を顰める。

それでも見ないという選択肢はないので、ペーパーナイフで開封して中を確認した。

「――は？　今日来るだと？」

キースはその手紙をバン、とテーブルに置いてから、急ぎの仕事がないかどうかの確認を済ませ、早急に部屋を出たのだった。


団長室で休憩させてもらった（精神はある意味どっと疲れたが）ルピナスは、騎士団棟名物、廊下掃除を始めようと廊下を歩いていた。

コニーや他の新人騎士は厩舎や食堂、建物外の庭の掃き掃除などをしていて、終わり次第ルピナスを手伝いにきてくれる予定である。

「さて、休憩させてもらった分も頑張りますか！」

意気込んだルピナスが軽快な手つきで掃除をしていると、スッと自身の手元に影が差したので、コニーたちが来てくれたのかと立ち上がった、のだが。

「ルピナス様お久しぶりです！　本日はお天気が良くて、ってそんなことはどうでも良くてですね……⁉」

渡り廊下の手前、ぐわっと肩を掴まれたルピナスは、突然のことに瞬きを繰り返した。

「アイリーン様こんにちは……！　お、落ち着いてください」

「これが落ち着いていられますか……⁉　私の耳……というか、ここ王宮内では広まっていますわよ⁉　『氷の騎士様』の氷を溶かしたのはルピナス様だって！」

「なっ、何ですかそれは」

アイリーン曰く、キースがルピナスに求婚まがいのことをしているということが、ここ第一騎士団棟だけでなく、近衛騎士団や王宮内にまで広がっているらしい。

確かに、キースは仕事中は別にしても、休憩中や仕事以外のときは、所構わずルピナスに愛の言葉を囁いていた。

さすがに人が居るときは過度な接触や過剰な発言はしないものの、好意を持っていることは誰の目にも明らかだっただろう。

最近では、第一騎士団の団員たちはそんな光景に慣れてきたようで、過剰な反応をされることはなくなってきたが、他の騎士団の人たちにはジロジロと見られた気もする、とルピナスは思いを馳せる。

（考えればそうよね。誰も私がフィオリナだなんて知らないわけだし。誰かを一途に思っていたキース様が急に私に好意を示したら、まあ注目もされるよね。しかもキース様、かなり女性に人気らしいし……）

　そりゃあ、アイリーンの反応はもっともだなぁと思いつつ、仕事中ということもあって、ルピナスはアイリーンに「声は抑えてくださいね……！　ね？」と小さな声で伝える。

　アイリーンは落ち着きを取り戻したのか、「う、うん！」と咳払いをした。

「それで、お二人はいつからご婚約を？　って、私ったら、まずはおめでとうございます、ですわね」

「ちちちちち、ちょっとお待ちください、アイリーン様。私とキース様はただの上官と部下で、そんな大層な間柄ではないのです」

「えっ？　――えっ⁉」

「アイリーン様、声……！　大きいです……！」

　人差し指を口元に持っていき、しーっと静かにするようにアピールすると、アイリーンはハッとして両手で口を覆い隠す。

「ご、ごめんなさいルピナス様……もう結婚も秒読みなのかと……。つまり、こういうことですか？　ハーベスティア公爵令息様がルピナス様に片思いをしているだけで、二人は恋人同士でさえない、と……？」

　こうも面と向かってそう言われると気まずい気持ちになるけれど、ルピナスはコクリと頷いた。

「平たく言えば……そういうことでしょうか……」

「きゃーー‼　それはそれで素敵ーー‼　愛する人に振り向いてもらうために惜しげもなく愛を囁くなんて、私もされてみたいですわーー！！　ぎゃーー！！！」

「アイリーン様声ぇ……‼」

「ハッ、私としたことが……失礼しましたわ」と言いながら、鼻息をフーフーと荒くして興奮が抑えられないアイリーン。

　ときおり興奮することがあることは知っていたが、今日は特段に凄い気がする。女性が恋愛話に花を咲かせるのは、前世でも今世でも大きくは変わらないらしい。

（にしても、話題が私とキース様なんて……前世では考えられなかったな……）

　それからルピナスは、アイリーンに質問攻めをされることになる。

　キースにどこが好きだと言われたのか、どの程度の頻度で愛の言葉を囁かれるのか、デートはしたのか、ルピナスは気持ちに応じるつもりはないのか。恥ずかしげもなく、キラキラとした瞳で。

「えっと、それは、ですね……」

　友人だから話したい気持ちはあるものの、気恥ずかしいという気持ちの方が強い。

　何より口に出すことで、よりキースのことを意識してしまいそうなので、それは憚られた。

　だからルピナスは、話の矛先をアイリーンに変えることにしたのである。

「そういえばアイリーン様には好きな方がいらっしゃるのですよね？」

「……ま、まあ！　ルピナス様ってば覚えていらっしゃったのですか？」

「ええ、もちろんです。友人であるアイリーン様のことですもの」

「ルピナス様……！　好きっ……！」

「私もです」なんて言いながら見つめ合うと、アイリーンが微笑んでいてルピナスもついついつられて微笑む。

　話が逸れたこともちろん嬉しかったが、好きだと言ってくれる女友達――アイリーンの存在が嬉しかったから。

　アイリーンは「無謀だと笑わないでくださいね……？」と前置きすると、もじもじと指を触ってから、ルピナスの耳元にそっと顔を近付けた。

「私の好きな方の名前は――」

　――そしてそれは、アイリーンが好きな人の名前を打ち明けようとしたときだった。

「ルピナス嬢？」

　ふいに誰かに名前を呼ばれた。声のする方を向くと……。

「セ……王弟殿下、どうしてここに……。お、お久しぶりでございます……」

　突然現れたセリオンに、ルピナスはすかさず頭を下げて、通路の端に寄る。

　しかしそこでルピナスは、はたと気付いた。

（アイリーン様が、固まっていらっしゃる……！）

　いくら伯爵家の人間とはいえ、いきなり王族を前にしては緊張で身体が動かないのかもしれない。

セリオンは寛容な人間なので、挨拶をしなかったからといって不敬だとは言われないだろうが、このままではアイリーンの評価に関わってしまうやもと危惧したルピナスは、そっとアイリーンの手首を摑んで、通路の端に移動させた。

そのとき、アイリーンの瞳を見たルピナスは予想外のことにぎょっとした。

（目、目がハートになっている……！　アイリーン様の好きな方って、セリオン様だったの……!?）

今思えば、何らおかしな話ではなかった。

アイリーンは魔術師団棟に好きな人がいると言っていたし、ついさっきも「無謀だと笑わないでください」と言ったのだ。

つまり相手は魔術師で、高貴なお方か、もしくは人気が高いお方、もしくはその両方を兼ね備えているお方。こう考えると、セリオンじゃない方がおかしいくらいだ。

（セリオン様が三十八歳だから、お二人は二十歳差！　けれどきっと恋に年齢は関係ない、はず！　何かの拍子にマーちゃんがそんなふうに語っていたっけ……）

アイリーンがとんでもない競争率の高い男性に恋をしていると分かったところで、ルピナスは自身の足元に影が落ちたことに気が付く。

「ルピナス嬢、久しぶりだね。顔を上げてくれないかい？」

「は、はい」

顔を上げて目の前に居るセリオンと目を合わせれば、ニコリと柔らかく微笑まれた。

その美しい笑顔を見て、「……んんっ！」と興奮を抑えきれない声を漏らし倒れそうになっているアイリーンをルピナスは必死に支える。

「……そちらのレディは大丈夫？　医者を呼ぶかい？」

「あ……あははっ、一時的なものだと思いますので大丈夫かと！　あははっ」

「そうなんだね。それなら良かった」

（お医者様にも恋の病は治せないものね……）

苦笑いを零すルピナスに、セリオンは「そういえば」と話しかける。

「今日、私が来ることは聞いていない？」

「えっ？　は、はい。存じておりませんが……」

「そうなんだね。連絡ミスかな。御前試合のときのお礼をしたいから、ルピナス嬢の予定を空けておいてほしいって、キースに手紙を送っておいたんだが」

「えっ。そうなのですか？」

今さっきキースに会ったときは、セリオンのことは何も言っていなかった。

しかし、キースは基本的に真面目だし、仕事でもミスはない。報連相も怠らないため、伝え忘れている可能性は極めて低い。

（ということは、もしかしたら文書係がキース様に届け忘れたのかな。あ、そういえばマーちゃんが今朝「忘れてた～キースに怒られる～」とか言ってたな……もしかしてマーちゃんのところに手紙が紛れ込んでて、キース様に渡るのが遅くなったとか？）

何にせよ、騎士団側の不手際の可能性があるので、丁寧に対応しなければ。

ルピナスはセリオンに丁寧な謝罪をしつつ、「ご足労いただきありがとうございます」と再び頭を下げると、廊下の奥から「おーい」と呼ぶ声が聞こえた。

声が聞こえた方に視線を向ければ、コニーと新人騎士たちがこちらに向かってきている。

目の前までやってきて全員セリオンの存在に気付いたのか、ぴたりと足を止めてピシッと姿勢を正したようだ。

「ルピナス嬢、君の仕事が終わるまで待ちたいのは山々なのだが、如何せん私も忙しくてね……君の仕事は彼らに代わってもらうことは可能だろうか？」

「あ、それは……」

もともと掃除を手伝ってもらう予定だったし、相手がセリオンともなれば喜んで仕事は代わってもらえるだろうが、キースと共に休憩したばかりだったので少し言いづらい。

しかし、そんなルピナスの気持ちを読んだかのように、コニーたちはささっとルピナスの手から掃除道具を奪うと、親指をぐっと立てた。

「ここなら大丈夫だから！」

「あ、ありがとう……」

「それならルピナス嬢、行こうか。……ああ、君たち、そちらのレディが落ち着くまで気遣ってあげてくれ。頼んだよ」

「は、はい！」

アイリーンへの気遣いも忘れないところが、セリオンがモテる理由の一つである。

コニーたちから漏れる「紳士だ……本物の紳士だ……」という呟き声に、ルピナスは内心何度も頷きながら、アイリーンに「また今度詳しくお話ししますね！」とだけ告げて、セリオンの斜め後ろを歩いて行く。ルピナスは再びセリオンの後に続いた。

「あの、王弟殿下」

「セリオンで構わないよ。私もルピナスと呼んでも？」

「そ、それはもちろん構いませんが……」

（セリオン様は、昔から誰にでも親しみやすかった。今も変わらないなんて、素敵だわ）

もちろん公的な場では線引きをするが、プライベートのときは分け隔てなく人と接するセリオンは、フィオリナにとって自慢の友だった。

突然の死によってセリオンに別れの言葉を告げることはできなかったけれど、幸せに暮らしていてくれたらとルピナスは切に願う。

「あの、今どちらに向かっているのですか？　団長室なら反対方向ですが」

「ああ、この前のキースの様子から二人きりにはなれないと予想して来たんだけどね。……何かの悪戯か運命か、君と二人きりになれたから、少し外でも歩こうかと思って。構わないかい？」

「は、はい」

（キース様の様子？　何のことだろう……）

そんな頭に浮かんだ疑問を、一旦ルピナスは頭の隅に追いやる。

御前試合の直前、リリーシュを助けたときにセリオンに再会した際、セリオンは既婚者だろうと思っていた。

けれど、アイリーンがセリオンのことを好きなのだとしたら、彼は十中八九独身なのだろう。

アイリーンの反応から察するに、既婚者に恋をしているという感じではなかった。

それに、ここアスティライト王国では、既婚者は人差し指にリングを着ける習わしだが、セリオンの人差し指には指輪がないので、二人で歩いていて、不倫だ！　と騒ぎになることはないだろう。

「それにしてもルピナス、改めて、リリーシュのことを助けてくれてありがとう」

建物の外に出て、手入れされた敷地内を歩きながらお礼を言うセリオンに、ルピナスは「そんな……」と答える。

歩く速度がゆっくりなのも、昔のままだ。

「私は当然のことをしたまでですので」

「あの日から、リリーシュはよくルピナスの話をしているらしくてね。君が騎士見習いで多忙だから、あの子なりに気を遣っているみたいなんだが、本当はお茶会に誘いたいらしい。友人になりたいみたいだ」

「王女殿下と友人だなんて畏れ多いですが、お気持ちはとても嬉しいです。ぜひ、機会がありましたらとお伝えくださいませんか？」

「それはもちろん。……ああ、着いたよ」

突然足を止めたセリオンに、ルピナスも続いて足を止めてあたりを見渡した。

「……えっ。ここ……」

そこは、ここ騎士団棟の敷地内で一番立派な大木があった場所だった。

フィオリナだった頃は、騎士団の激務の後、部屋に行くのも面倒なとき、よくこの大木の下で一休みしたものだ。

しかし今、目の前にあるのは大きな切り株だけだった。

「数年前までは立派な大木があったんだが、腐ってしまって切らざるを得なかった。……ここに来ると、ある女性のことをよく思い出すな。互いに所属が違うから頻繁に会うことはなかったけれど、彼女がここで休んでいるのが魔術師団棟から見えてね。何かと理由をつけて会いにきていた」

「…………！」

（その女性って……間違いなくフィオリナのこと、よね）

確かにこの場所にいるとき、セリオンは決まって現れた。

「偶然だね」と、さも自然に。

（あれは会いにきてくれてたってこと……？　というか、そもそも何でこの話を私に……？）

リリーシュのことを話すだけならば、別にここじゃなくても良かったはずだ。フィオリナとの過去を、ルピナスに話す必要もなかったはずだ。

（いや、待って……さすがにそんなはず……）

くるり、と振り返ったセリオンは、切り株からルピナスへと視線を移す。

「どんなに時間が経っても変わらないものってあると思うんだ。この大木だって、ほら。姿は変わっても、こうやって存在しているだろう？」

そしてセリオンは、まるで当然のように自然とその名前を口にした。

「フィオリナ——久しぶりだね。会いたかったよ」

セリオンのアイスブルーの瞳には、一切揺らぎがない。

動揺の欠片もないはっきりとした口調も相まって、適当に言っているわけではないことは確かだった。

（どうして……どうして気付いたの……）

思い返しても、セリオンの前で簡単にバレてしまうほどのことをしてしまった覚えはない。それに以前会ったのも、ごく短時間だったというのに。

「ふふ、どうして気付いたのか分からないって顔をしている。……まあ、それもそうだね。けどその話をする前に、一度抱き締めさせて」

「えっ」

セリオンに手首をギュッと掴まれ、ルピナスはダイブする形でセリオンの腕の中に収まる。

仲の良い友からの抱擁だと思えば、別に拒絶しなくても構わないというのに、何故かルピナスは身動《みじろ》いだ。

「セリオン様っ、離してください……！」

「……フィオリナ……十八年、十八年ずっと待ったんだ。……もう少しだけこうさせておくれ」

抱き締めてくる力強さとは裏腹に、泣いているのかと勘違いしそうになるほどか細いセリオンの声に、ルピナスはこれ以上何も言えなかった。

（待ってたって、どういうこと……？）

ルピナスが困惑していると、耳元でセリオンが問いかけた。

「――因みに、いつ記憶を思い出したんだい？」

「え……王都に来て、キース様にお会いしたときです……」

「そうか」

（どうしてそんなことを聞くの……？）

そう、ルピナスが疑問を口にしようとしたときだった。

「ルピナス……！」

「……!?　キース様……っ！」

背後から現れ、セリオンから引き剝がしてくれたのは、肩で息をするキースだった。

セリオンとの間に割るように入るキースの広い背中を見て、ルピナスは無意識にホッと安堵する。

「ルピナス、大丈夫か？　遅くなって済まない」

「キース様はどうしてここに……」

「マーチスの野郎が――」

そこで、キースは事の顚末を簡単に説明してくれた。

ルピナスの予想どおり、セリオンからの手紙は手違いでマーチスに渡ってしまっていたのだ。

そのことに今朝気が付いたマーチスは、気付くのが遅いとキースに怒られるかもしれないからと、団長室の執務用のデスクにこっそりと手紙を置いたと言う。

キースが手紙の存在に気が付き、すぐさま部屋を出た直後、挙動不審なマーチスにそのことを打ち明けられたのがつい先程である。

そして既に騎士団棟に入っているかもしれないセリオンが、ルピナスに接触して二人きりなっているのではないかと思い、急いで探し回ってくれたとのことだった。

「申し訳ありません……そんなに走って探してくださったなんて」

「いや、ルピナスが謝ることじゃない。俺がルピナスと王弟殿下を二人きりしたくなかっただけだ」

「……っ」

突然の言葉に、ルピナスの頰はぽっと赤く染まる。

すると、セリオンがおもむろに口を開いた。

「……やあ、キース。今日は私用だから伯父上で構わないよ。それにしても、来るのが早いな。さながらヒーローのようだ。……昔は泣いてばかりで、フィオリナに守ってもらっているばかりだったのにね」

そう言って、セリオンはキースの斜め背後にいるルピナスに視線を移す。

セリオンの行動と、その視線の意味に気が付かないほど、キースは鈍感ではなかった。

「伯父上……貴方、まさか……」

「やはりその様子だと、既にキースも気付いているのだろう？　彼女がフィオリナの生まれ変わりだと」

「………………」

「無言は肯定と取るよ。……さて、フィオリナ」

昔と変わらない優しい声色に、優しい笑顔。誰でも惹きつけてしまいそうな魅力的なセリオンは、何度も『フィオリナ』と、前世の名前を呼ぶ。

ルピナスはキースの横に並ぶように一歩前に踏み出すと、セリオンの言葉を待った。

「どうして私が、君がフィオリナだと分かったか、教えてあげようか」

「……その前に、一言よろしいでしょうか」

「ああ、構わないよ」

ルピナスは今、子爵令嬢だ。貴族なら貴族らしい挨拶をしなければと、優雅に頭を下げた。

「セリオン様、お久しぶりでございます。フィオリナです。またお会いできたこと、そして貴方様が息災であられること、大変嬉しく思っております」

「…………」

すっと顔を上げ、何も言わないセリオンの表情をちらりと窺う。

平民だったフィオリナのときとは所作が違うからか、セリオンが少し驚いているようにルピナスには感じられた。

「ああ、私も再び会うことができて嬉しいよ。先程のことは許してくれるかい？　あまりにも再会が嬉しくて感極まってしまってね」

「はい。もちろんでございます」

「……はは、それにそんなに畏まって話さなくてもいい。昔みたいに、もう少し砕けて話してくれ」

「……それは……」

平民だったフィオリナは、王族が高貴な身分であることを漠然としか分かっていなかった。けれど、子爵とはいえ貴族令嬢ルピナスとなった今、王族というものがどれだけ高貴な存在なのかをよく知ってしまった。それにもう、前世のように友という存在でもない。

しかし、目の前のセリオンは先程から『フィオリナ』に対して話しているように見える。

生まれ変わったとはいえ、フィオリナを懐かしんでくれているのだろうと、ルピナスはその思いに応えることにした。

「ではお言葉に甘えますね。それでセリオン様は、どうして私がフィオリナだと気付いたんですか？　理由が思い当たらなくて」

「……フィオリナがボロを出したとしたら、気合を入れるために両頬を叩いたことくらいかな。昔からよくしていただろう？」

確かにその仕草はよくするので、ついセリオンの前でもやっていたかもしれない。

しかし、そんなに珍しい仕草でもないだろう。

それだけでフィオリナの生まれ変わりだと確信を持つとは思えず、ルピナスの表情は僅かに曇る。

キースの表情も、概ねルピナスと同じだった。

「まあまあ、まだ話は途中だよ。さっき言ったことはきっかけさ。ほら、キースがやけに君を大事にしていたから、もしかしたらと思ったんだ。キースがフィオリナのことを一途に想っていたことを、私は知っていたからね」

「…………」

（嘘はついていないと思う……けれど、どうにもしっくりこない）

生まれ変わり、しかも前世の記憶を持ってだなんて、そう簡単に思い浮かぶことではない。

セリオンの説明に納得できないルピナスだったが、立場上、これ以上踏み込むことも良くはないだろうか、と口を噤む。

すると、キースも同じように感じたのか、ルピナスの代わりに口を開いた。

「……まだ話すことがあるのでは」

「……ああ。本題はここからだよ。――私が魔術師だと言えば、分かるかい？」

「……魔術師……魔法……。…………！」

そこでルピナスは、改めて言葉に出したことで、とある言葉が頭に浮かんだ。

「……まさか、転生魔法を……？」

ルピナスは、その魔法を前世で一度だけ聞いたことがあった。

死者の身体に膨大な魔術を注ぐことで、新たな命として生まれ変わらせる、転生魔法。嘘か真か、前世の記憶も引き継ぐという。

しかし、この転生魔法にはリスクがある。これを行使した魔法使用者は、死者が生きていた頃に受けた痛みの数十倍の痛みを数ヶ月にわたって味わい続けるのだ。

「そうか。知っているなら話は早い」

「……伯父上、フィオリナの死体を預かったのはまさかこのために……？　だから貴方は十八年前──フィオリナが亡くなった直後から一年ほど、魔術師団を離れていたのですか……？」

「ああ、全てそのとおりだよ。私が転生魔法を使って、フィオリナを生まれ変わらせたんだ。自然な輪廻転生を待っていたんじゃあ、私が生きている間にフィオリナが生まれ変わる保証はなかったし、前世の記憶を引き継ぐこともないだろうしね」

ルピナスは、カクンと膝から崩れ落ちた。

平然としているが、おそらくセリオンは過去に死よりも辛いような痛みを数ヶ月も味わったはずなのだ。

フィオリナを、生まれ変わらせるために。

「どうして、なんですか。セリオン様、どうしてそんなこと……っ」

いくら仲が良かったとはいえ、友人にすることとは思えない。

意味が分からないと、ルピナスは頭を抱えた。

「……どうして、か。……それは今はまだ、言わないでおこうか。とにかく汚れてしまうから、ほら、掴まりなさい」

前世で会っていた頃と変わらない優しい声、穏やかな笑顔、当たり前のように差し出される手。

けれど、ルピナスはその手を掴むことはできなかった。

見兼ねたキースがルピナスの手首を引いて立たせると、セリオンの瞳にほんの少しだけ影が差す。

「まあ、けれど一言言っておこうか」

キースとルピナスを見つめるセリオンの声は、どことなく儚い。肌を刺すほどに痛くて強い風が、吹き抜けた。

「フィオリナ、――だなんて、もう言うつもりはないからね」

「え――?」

強風によって聞こえなかったセリオンの言葉を、頭の中がぐちゃぐちゃになっているルピナスは聞き返す余裕がなかった。

しかしキースだけは、セリオンの声が聞こえていたようで、奥歯をギリと噛み締めたのだった。

〈一巻ＥＮＤ〉

Character Design
ルピナス・
レギンレイヴ
フィオリナ

キース・
ハーベスティア
キース
幼少期

セリオン・
アスティライト
マーチス・
スライヤー

コニー
アイリーン

著者：谷六花　　イラスト：麻先みち

聖女不在による
仮初め婚なのに、
不器用な王太子に
溺愛されています
お飾り妻だと思い込む悪役令嬢と
妻が大好きすぎる完璧王太子のすれ違いラブ

著者：景華　　イラスト：福田深

novel スピラ

傷物令嬢と氷の騎士様
~前世で護衛した少年に今世では溺愛されています~

発行日 2023年10月17日　第1刷発行

著者　櫻田りん

イラスト　安芸緒

編集　濱中香織（株式会社imago）

装丁　しおざわりな（ムシカゴグラフィクス）

発行人　梅木読子

発行所　ファンギルド
〒160-0022 東京都新宿区新宿2-19-1ビッグス新宿ビル5F
TEL 050-3823-2233　https://funguild.jp/

発売元　日販アイ・ピー・エス株式会社
〒113-0034 東京都文京区湯島1-3-4
TEL 03-5802-1859 / FAX 03-5802-1891
https://www.nippan-ips.co.jp/

印刷所　三晃印刷株式会社

ISBN 978-4-910617-16-9　Printed in Japan